Y

Ye

35,230

ROMAN

DE MAHOMET

ET LIVRE

DE LA LOI AU SARRAZIN.

IMPRIMERIE ET FONDERIE DE PINARD,
RUE D'ANJOU-DAUPHINE, Nᵒ 8.

ROMAN
DE MAHOMET,

EN VERS DU XIIIme SIÈCLE,

PAR ALEXANDRE DU PONT,

ET LIVRE

DE LA LOI AU SARRAZIN,

EN PROSE DU XIVme SIÈCLE,

PAR RAYMOND LULLE,

PUBLIÉS POUR LA PREMIÈRE FOIS, ET ACCOMPAGNÉS DE NOTES,

PAR MM. REINAUD,

PREMIER EMPLOYÉ AUX MANUSCRITS DE LA BIBLIOTHÈQUE ROYALE, MEMBRE
DES SOCIÉTÉS ASIATIQUES DE PARIS ET DE LONDRES, ETC.;

ET FRANCISQUE MICHEL.

A PARIS,

CHEZ SILVESTRE, LIBRAIRE,

RUE DES BONS-ENFANTS, N° 30.

1831.

PRÉFACE.

Le *Roman de Mahomet* et le *Livre de la loi au Sarrazin* nous ont paru dignes de sortir de l'oubli où ils étoient restés jusqu'ici. Le *Livre de la loi au Sarrazin* est une espèce d'exposition de la religion musulmane, mise dans la bouche d'un mahométan, et qui, ayant été originairement tirée d'un traité arabe, mérite de faire autorité. A l'égard du *Roman de Mahomet*, c'est une histoire rimée du prophète des Arabes, écrite d'après les idées qui dominoient chez nos pères au moyen âge. On y trouve, il est vrai, un grand nombre de détails romanesques; néanmoins elle ne devoit pas être, dans la pensée de l'auteur, un tissu fabuleux; car le titre qu'il a donné à son ouvrage étoit, au treizième siècle, synonyme d'*histoire* et de *récit*. Il suffit de citer comme exemple les mots placés en tête d'un manuscrit de l'histoire de la prise de Constantinople,

a

par Villehardouin, que personne n'accusera d'être un roman[1].

Les deux ouvrages que nous publions appartiennent à un âge brillant de notre littérature nationale; d'ailleurs on étoit alors à l'époque des croisades, temps où l'Europe, embrasée du zèle religieux, se levoit en armes contre l'Asie et l'Afrique, et où les religions chrétienne et musulmane, animées de l'esprit de rivalité, se trouvoient pour ainsi dire en présence. Ainsi, outre l'intérêt que ces deux ouvrages doivent avoir pour les amateurs de la vieille littérature françoise, ils offrent le mérite de tracer une image fidèle de l'opinion que nos pères se faisoient de Mahomet et des Musulmans à une époque à jamais célèbre.

Un tableau exact et complet de ce qui a successivement été écrit par les Chrétiens des diverses communions sur des sujets aussi importants, ne seroit pas sans intérêt; on y verroit l'action lente mais inévitable du temps, des événements et des lieux; on y suivroit la variété des effets produits par les croyances respectives, la situation morale et politique, et

---

[1] *Roumans de Coustantinoble,* manuscrit de la Bibliothèque Royale, supplément françois, n° 687.

l'état plus ou moins avancé de la civilisation. Nous allons indiquer quelques traits de ce tableau.

La personne et la vie de Mahomet ne pouvoient manquer d'attirer de bonne heure les regards des Chrétiens, à la cause desquels le Prophète avoit porté une si cruelle atteinte. Malheureusement dans le moyen âge on étoit trop peu éclairé pour se faire une juste idée de la révolution opérée par le législateur des Arabes; on étoit d'ailleurs imbu des préjugés qui pendant si long-temps armèrent l'Europe chrétienne contre l'islamisme. On peut en juger par la manière dont s'expriment Guillaume de Tripoli[1], et surtout le célèbre Vincent de Beauvais, qui écrivoit sous saint Louis, et qui, dans son *Speculum majus*[2], a donné le résumé de toutes les connoissances de son siècle. Plus tard dans les seizième et dix-septième siècles,

---

[1] Le livre de l'*Etat des Sarrasins et de Mahomet*, ouvrage composé dans le treizième siècle par le F. Guillaume de Tripoli, du couvent d'Acre, et cité par Sinner, *Catalogus codicum manuscriptorum bibliothecæ Bernensis.* Bernæ, 1772, t. II, p. 281 et suiv.

[2] Voy. au livre XXIII, chap. 39, du *Speculum historiale*, ouvrage formant la quatrième partie du *Speculum majus*.

on s'occupa d'une manière plus sérieuse de l'étude des langues et de la littérature de l'Orient; mais à cette époque l'esprit de controverse agitoit le monde, et les sectateurs de Zuingle, de Luther et de Calvin ne cherchoient dans l'histoire des faits que des dogmes à soutenir ou des dogmes à combattre. C'est ainsi que le zuinglien Hottinger, écrivant une histoire de Mahomet[1], ne vit dans ce grand sujet qu'une occasion d'exposer les absurdités de la religion musulmane et les absurdités encore plus grandes qui, à l'en croire, déshonoroient la religion catholique. Les champions du catholicisme ne montroient pas beaucoup plus de sagesse. Le père Maracci, confesseur du pape Innocent XI, quoique plus savant que Hottinger, ayant entrepris un commentaire de l'Alcoran, accompagné d'une réfutation, perd sans cesse de vue son sujet pour se jeter dans les déclamations les plus ridicules[2].

Bayle est le premier qui, mettant de côté

---

[1] *Historia orientalis ex variis monumentis collecta.* Zurich, 1660, un vol. in-4°.

[2] *Alcorani textus universus ex arabico idiomate in latinum translatus; oppositis unicuique capiti notis atque refutatione: his omnibus præmissus est prodromus ad refutationem Alcorani.* Padoue, 1698, 2 vol. in-f°.

tout intérêt de communion et de secte, a, dans son *Dictionnaire critique* [1], envisagé la question sous son véritable point de vue. On doit regretter qu'il n'ait pas eu à sa disposition des renseignements plus abondants et surtout plus sûrs.

Une grande partie de ces notions ne tardèrent pas à être recueillies par Gagnier, professeur de langues orientales à l'université d'Oxford. Gagnier a compilé ce que les traditions musulmanes nous ont transmis de plus important[2]; malheureusement il n'avoit qu'une foible connoissance de la langue arabe, ce qui l'a entraîné dans beaucoup d'erreurs; il a d'ailleurs travaillé sans goût et sans critique, mêlant sans cesse le vraisemblable et l'invraisemblable, le certain avec l'incertain, et croyant se justifier en disant qu'il ne faisoit que s'en tenir aux sources orientales.

Après Bayle et Gagnier, on doit citer Voltaire et Gibbon ; mais Voltaire, dans son *Essai*

---

[1] Article *Mahomet*.

[2] *Ismael Abulfeda, de vitâ et rebus gestis Mohammedis;* texte arabe, traduction latine et notes. Oxford, 1723, un vol. in-f°.— *La Vie de Mahomet, traduite et compilée de l'Alcoran, des traditions authentiques de la Sonna et des meilleurs auteurs arabes.* Amsterdam, 1732, 2 vol. in-12.

sur les mœurs, n'a jeté sur Mahomet que quelques considérations incomplètes qui n'ont pas eu la vogue de sa tragédie; et dans cette tragédie ce n'est pas Mahomet qu'il a peint, mais un personnage imaginaire dont il a prétendu faire le type de tous les fondateurs de religion[1]. Quant à Gibbon, personne n'étoit mieux en état que lui de retracer le tableau de la révolution opérée par l'enthousiasme religieux des Arabes; mais, arrivé à son chapitre de l'Arabie et de Mahomet[2], sa verve étoit déjà usée; son récit, incomplet dans quelques parties, est en d'autres endroits traînant, et ses jugements, transformés en sentences obscures, ne sont pas toujours intelligibles; enfin, l'on n'y trouve plus en général ces pensées profondes, ces hautes considérations qui ont fait la fortune de son livre[3].

---

[1] Voy. *Mahomet, tragédie de Voltaire, avec un commentaire nouveau*, par M. Jean Humbert, professeur à l'Académie de Genève. Paris, Dondey-Dupré, 1825, un vol. in-8°.

[2] *Histoire de la décadence et de la chute de l'Empire romain*, traduction françoise de M. Guizot. Paris, Lefèvre, 1819, t. X, p. 1 et suiv.

[3] Les personnes qui voudront se contenter d'un résumé complet de ce qui a été écrit de plus authentique sur le prophète des Arabes, enrichi des ressources que peut don-

A l'égard des ouvrages consacrés aux dogmes de la religion musulmane, le nombre en
est beaucoup plus grand; ils formeraient à eux
seuls une bibliothèque. On peut les diviser en
deux classes : les uns ont été écrits dans un
esprit de controverse et dans le but de montrer les endroits foibles de l'islamisme; les autres ont eu seulement pour objet de retracer
l'état religieux et moral des peuples soumis
aux lois de l'Alcoran. La première classe em-
brasse presque tous les traités antérieurs au
dix-septième siècle. Nous allons en citer quelques uns, renvoyant pour les autres à une
compilation spéciale de Jean-Albert Fabri-
cius[1].

Les disciples de Mahomet, ayant pénétré
dès les années 635 et suivantes, en Syrie, en
Égypte et en Afrique, où la religion chrétienne
étoit très florissante, et une foule de chrétiens

---

ner de nos jours l'étude des monuments originaux, pourront
recourir à la notice insérée par M. Reinaud dans ses *Monuments arabes, persans et turcs du cabinet de M. le duc
de Blacas*. Paris, Doudey-Dupré, 1828, t. I, p. 189.

[1] *Delectus argumentorum et syllabus scriptorum qui ve-
ritatem religionis christianæ adversus atheos, epicureos,
deistas seu naturalistas, idolatras, judæos et muhammeda-
nos lucubrationibus suis asseruerunt.* Hambourg, 1725,
in-4°. Voy. surtout le chap. V, p. 733 et suiv.

embrassant la religion des vainqueurs, les plus
éclairés d'entre ceux qui restèrent fidèles à
leurs croyances durent s'occuper de bonne
heure de mettre par écrit les raisons qui pa-
roissoient militer en leur faveur. Il existe entre
les mains de toutes les communions chrétiennes d'Orient des traités particuliers à ce sujet;
il y en a chez les Chrétiens du rit syriaque,
chez les Chaldéens, etc. Les Chrétiens du rit
arabe vantent surtout le récit d'une conférence
qui eut lieu à Alep en 1215, en présence d'un
des fils du grand Saladin, alors souverain du
pays, entre un moine chrétien appelé George,
et trois docteurs musulmans, récit dont le
texte arabe[1] se trouve, ainsi que plusieurs autres traités du même genre, à la Bibliothèque
Royale. Il paroît que dans le moyen âge les
Musulmans de ces contrées étoient assez tolé-
rants ; mais depuis l'occupation du pays par les
Turcs Othomans, les Chrétiens ne jouissent

---

[1] Manuscrits orientaux, ancien fonds arabe, n° 106. Le
Grand, secrétaire interprète du Roi, en a donné une traduction françoise, et cette version a été publiée sous ce titre :
*Controverse sur la religion chrétienne et celle des Mahomé-
tans.* Paris, 1767, in-12. Déjà il existoit une traduction
manuscrite du même ouvrage par le P. Louis de Byzance,
juif de Constantinople, qui s'étoit fait chrétien et étoit
entré dans la congrégation de l'Oratoire.

plus de la même liberté, et il y auroit du dan-
ger pour eux à attaquer un dogme quelconque
de l'islamisme.

Les Grecs du Bas-Empire, sans cesse me-
nacés par les Musulmans, recoururent aussi
de bonne heure à ce genre de préservatif.
saint Jean Damascène, qui s'est rendu si célèbre en Orient par la nouvelle forme qu'il
donna à l'argumentation théologique, et qui
avoit figuré avec éclat à la cour des kalifes de
Damas, n'a rien écrit de considérable contre
l'islamisme, ou du moins il ne nous est parvenu de lui, à ce sujet, que des traités peu
importants[1]. D'un autre côté, nous sommes
privés de la partie du *Trésor de la foi ortho-
doxe*, de Nicetas Choniate, qui étoit consacrée
à la réfutation de la religion musulmane. Il
n'a été conservé que le fragment relatif aux
cérémonies en usage à Constantinople lorsqu'un Musulman embrassoit le rit grec[2]; mais
on peut encore lire, entre autres écrits, le traité
composé dans le quinzième siècle par l'empe-

---

[1] Voy. l'édition de ses œuvres donnée par le P. Lequien.
Paris, 1712, in-fol., t. I, p. 466 et suiv.

[2] Voy. le recueil intitulé *Saracenica sive Moamethica*,
par Frédéric Sylburg. (Heidelberg), Jér. Commelin, 1595,
1 vol. in-8°, p. 74 et suiv.

reur Manuel Paléologue, et qui porte le titre
d'*Entretiens avec un professeur mahométan*[1].

En Occident, l'Espagne fut la première contrée où l'on dût songer à se tenir en garde
contre les progrès toujours croissants de l'islamisme. On sait que dès le commencement du
huitième siècle la meilleure partie de ce beau
royaume tomba au pouvoir des Musulmans.
Dans l'ouvrage de controverse de Pierre Al-
phonse, juif converti au christianisme au commencement du onzième siècle, il y a un chapitre dirigé contre l'Alcoran[2]. On peut citer
encore une lettre d'un Sarrazin, cherchant à
attirer un chrétien à sa religion, et la réponse
du chrétien, qui le réfute par des arguments
victorieux. Ces deux pièces inédites, et qui
paroissent avoir eu beaucoup de cours parmi
les chrétiens d'Espagne, furent, ainsi qu'on
le lit dans un préambule placé en tête de la
première lettre, composées sous le règne d'un
prince appelé Abd-allah Almamoun, et sur-

---

[1] Voy. la notice qu'en a donnée M. Hase, dans le *Recueil des notices et extraits des Manuscrits de la Bibliothèque
du Roi*, t. VIII, 2ᵉ partie, p. 309 et suiv.

[2] *Dialogi lectu dignissimi in quibus impiæ Judœorum opi-
niones confutantur.* Cologne, 1536, in-8°.

nommé *emir elmoumenin*, c'est-à-dire, *com-
mandeur des croyans*[1].

Quant aux régions voisines, telles que la
France, l'Angleterre, l'Allemagne, ce ne fut
qu'à l'époque des croisades, surtout à partir
de l'année 1143, lorsqu'il eut paru en Espagne
une traduction latine de l'Alcoran, qu'on
s'exerça avec succès dans ce genre de polémique. La traduction de l'Alcoran avoit été faite
à la demande de Pierre de Cluny, dit *le Vénérable*, qui se hâta de composer lui-même un
traité dont il ne nous est parvenu que les deux
premiers livres[2]. Dès ce moment les attaques
contre l'islamisme se multiplièrent, et il y eut
peu d'années où il ne parût quelque ouvrage
de ce genre, en latin, en françois, en italien,
en allemand, en espagnol et en anglois. Nous
nous contenterons de citer, outre le *Livre de
la loi au Sarrazin*, par Raymond Lulle, le récit d'une conférence qui eut lieu en 1308 sur
les côtes d'Afrique entre le même Lulle et un

---

[1] Voy. les manuscrits latins de la Bibliothèque Royale,
n° 3393, fol. 153, v°, et celui de l'Arsenal, in-fol.; Hist.,
n° 105, fol. 140, r°. Dans ce dernier manuscrit le préambule manque.

[2] Voy. l'*Amplissima collectio*, par DD. Martenne et Du-
rand, t. IX, p. 1119 et suiv.

musulman du pays[1], et en second lieu, le
traité de Jean Germain, évêque de Châlons-
sur-Saône, en 1450, intitulé l'*Artchorant aul-
trement dit le Débat du Crestien et Sarrazin,
touchant nostre foy et leur secte de Mahommet*[2].

Dès la fin du treizième siècle, les Chrétiens
d'Occident avoient été chassés de Jérusalem
et de toute la Palestine; mais jusqu'au quinzième siècle, l'Europe nourrit des projets de
croisade; d'ailleurs les Turcs othomans, après
avoir achevé d'enlever l'Asie mineure aux
Grecs dégénérés, avoient pénétré en Europe,
et ils menaçoient à la fois l'Italie, l'Allemagne
et la Pologne. Les querelles religieuses et po-
litiques amenées par les prédications de Luther, de Calvin, de Zuingle, etc., n'arrêtèrent
pas le cours de la polémique contre les Musulmans. Au contraire, comme les invasions toujours plus formidables des Turcs menaçoient
à la fois toutes les communions chrétiennes
aussi bien que les lumières et la civilisation

---

[1] *Controversia cum Homerio Saraceno habita in urbe Bu-
giâ sermone arabico, in latinum à Lullo translata.* Valence,
1510.

[2] Manuscrits françois de la Bibliothèque Royale, n° 6243,
ou fonds Colbert, n° 210; *Gallia christiana*, t. IV,
col. 930.

européennes, les protestans firent cause commune avec les catholiques, et on eut à joindre
aux noms des champions de l'Évangile contre
l'Alcoran, les noms de Luther, de Melanch-
ton, etc. C'est alors que le zuinglien Bibliander fit imprimer, avec la traduction latine de
l'Alcoran faite en 1143, les écrits du cardinal
de Cusa et d'autres défenseurs de la foi chrétienne [1].

A mesure que les pays mahométans se dé-
couvrirent à la curiosité de l'Europe civi-
lisée, et que les lumières firent de nouveaux
progrès, on essaya d'attaquer l'islamisme sur
le théâtre même de sa puissance. L'empereur
mogol Akbar, qui régnoit dans l'Inde à la fin
du seizième siècle, ayant montré quelque aver-
sion pour la religion dans laquelle il étoit né,

---

[1] La compilation de Bibliander a été publiée in-fol. à Bâle,
une première fois en 1543, et une seconde en 1550. Il existe
encore dans certaines bibliothèques des recueils manuscrits
contenant la première partie de cette compilation. C'est
dans deux de ces recueils, cités à la page xj, note 1, que se
trouvent la lettre du Sarrazin et la réponse du Chrétien. Ces
deux pièces sont indiquées dans la table des autres exem-
plaires de la Bibliothèque Royale; mais on les cherche vai-
nement dans le corps du volume. Elles manquoient sans
doute aussi dans le manuscrit dont s'est servi Bibliander,
puisqu'il ne les a pas reproduites.

des missionnaires jésuites se rendirent à sa cour. C'est à cette occasion que le père Jérôme Xavier rédigea en persan, outre une vie de J.-C. et des apôtres [1], malheureusement mêlée de beaucoup de fables, une réfutation de la religion musulmane, intitulée (اينه حقنما) *Miroir de la Vérité*, dont un exemplaire manuscrit se trouve à la Bibliothèque Royale [2]. Il est vrai que cet écrit, s'étant répandu en Perse, un docteur d'Ispahan, appelé Ahmed Zin-Alabidyn, prit la défense de sa foi, et publia une réponse sous le titre de (مصقل صفا در تجلية و تصفية اينه حقنما) *Polissoir de la pureté, servant à éclaircir et à nettoyer le Miroir de la Vérité* [3]. L'auteur lui-même envoya son ouvrage au pape Urbain VIII, demandant à être combattu. Cette réponse donna lieu aux répliques des franciscains Malvasia [4] et Guada-

---

[1] La Vie de J.-C. a été publiée en persan et en latin par Louis de Dieu. Leyde, 1639, in-4°.

[2] Manuscrits orientaux, ancien fonds persan, n° 154. C'est par erreur que l'auteur du catalogue imprimé fait remonter la composition de cet ouvrage aux temps de Gengis-Khan.

[3] Manuscrits orientaux de la Bibliothèque Royale, fonds Gentil, n° 89; fonds de Saint-Germain, n° 320 et 438.

[4] *Dilucidatio speculi verum monstrantis*. Rome, 1628, in-4°.

gnoli[1] ; l'ouvrage de celui-ci, d'abord rédigé
en latin, fut traduit en arabe par l'auteur lui-
même, imprimé à la Propagande et répandu
dans tout l'Orient.

Pendant que les Chrétiens faisoient preuve
de zèle contre les plus dangereux ennemis
qu'ait jamais eus l'Évangile, les Juifs ne s'en-
dormoient pas. Il suffira de citer un traité du
poète Mathathias, fils de Moïse, où trois sages,
l'un juif, le second chrétien et le troisième
musulman, disputent ensemble sur la religion, et où le docteur israélite a tous les
honneurs de la discussion. Le titre de cet ouvrage est : ספר אחיטוב צלמון ו עקר *Livre
d'Akhitob, Salomon et Eker*, du nom des interlocuteurs[2].

Enfin les changements opérés dans les idées
rendirent les ouvrages de controverse de plus
en plus rares, et l'on en vint, en général, à ne
considérer la religion musulmane qu'en elle-
même, et abstraction faite des erreurs plus ou

---

[1] *Apologia pro christiana religione*. Rome, 1631, in-4°.
[2] De Rossi, *Dizionario storico degli autori ebrei*, t. II,
p. 44. Il est aussi question de la religion musulmane dans
le traité hébreu intitulé *Cozri*, sur lequel on peut consulter
l'article *Judas Levita*, de la *Biographie universelle*, par
M. l'abbé de Labouderie.

moins graves qui la déparent. Chardin, dans
la partie de la relation de ses voyages consacrée à la religion musulmane, s'est en général
borné à traduire le traité persan rédigé par
ordre du grand Abbas, et qui porte en conséquence le titre de *Somme d'Abbas*[1]. Reland,
dans son ouvrage[2], s'occupe moins de montrer
le côté foible de l'islamisme que de faire voir
le peu de fondement de certains reproches
qu'on avoit coutume de faire à cette religion.
Le même esprit dirige Sale dans sa célèbre traduction angloise de l'Alcoran et dans les observations qui l'accompagnent[3]. Après ces
ouvrages, nous nous contenterons de nommer
le *Tableau général de l'Empire othoman*, de
Mouradgea d'Ohsson, qui renferme les codes
religieux, civil, politique et militaire de ce
vaste empire[4], et qui est enrichi de savantes

---

[1] (جامع عباس). Cette portion de la relation de Chardin
parut en 1711; elle fait maintenant partie des tomes VI et
VII de l'édition de Langlès. Paris, Lenormand, 1811,
10 vol. in-8°.

[2] *De Religione Muhamedica libri duo*. Utrecht, 1705,
in-8°; 2° édit., 1717.

[3] Londres, 1734, in-4°, réimprimée en 1764 et 1801,
2 vol. in-8°.

[4] Ce tableau a paru en deux parties; la première porte
la date de 1787, et forme 2 vol. in-fol. ou 4 vol. in-8°;

observations et de planches très exactes. Les codes ont été tirés des meilleurs traités arabes.

Pour ce qui concerne le code religieux en particulier, Mouradgea d'Ohsson s'est conformé aux principes professés par les Musulmans, qui sont appelés *sonnites*, c'est-à-dire traditionnaires. En effet, l'islamisme, comme le christianisme, a toujours compté un grand nombre de sectes, et on en remarque aujourd'hui deux principales dont il seroit trop long de parler ici. Les sonnites dominent dans l'empire othoman, sur les côtes d'Afrique et dans une partie de l'Inde. Comme Chardin s'est conformé à la doctrine opposée, qui est celle des Persans, appelés en conséquence par leurs adversaires *schyytes*, c'est-à-dire sectaires, on peut, avec ces deux ouvrages, se faire une idée exacte des croyances respectives des deux sectes qui divisent aujourd'hui les Musulmans.

Dans les notes qui accompagnent le *Roman de Mahomet* et le *Livre de la loi au Sarrazin*, nous n'avons pas prétendu suppléer aux lacunes de l'original ; c'est dans les ouvrages que

---

la deuxième est de l'année 1824, et forme 1 volume in-fol. ou 3 volumes in-8°. Paris, Firmin Didot.

nous avons cités que le lecteur pourra se livrer à une étude approfondie du sujet. Notre
but a été seulement d'éclaircir les difficultés
qu'offroit le texte.

Nous ne devons pas manquer de remercier
ici M. Raynouard, membre de l'Institut, et
M. Monmerqué, conseiller à la Cour royale de
Paris, des soins qu'ils ont bien voulu donner
à la révision des épreuves. Ces deux savants,
par la connoissance parfaite qu'ils ont du
moyen âge, nous ont plus d'une fois éclairés
sur le choix des leçons à proposer et sur le
sens des mots, dont, au reste, nous n'avons
donné les équivalents françois au bas des pages
que lorsque ces mêmes mots ne se trouvoient
pas dans le *Glossaire de la langue Romane* par
M. de Roquefort.

ROMAN

DE

MAHOMET.

AVERTISSEMENT.

—

CE poëme, dont on peut croire que le savant abbé M. Gervais de La Rue a eu seul connoissance jusqu'à présent[1], a été, ainsi qu'on le voit à la fin, composé à Laon en 1258. L'auteur se nomme Alexandre du Pont. Il est dit au commencement, que les détails qui forment la suite du poëme, avoient été originairement racontés par un Musulman qui s'étoit fait chrétien, et qui, en embrassant le christianisme, se fit *clerc* et prit le nom de *Dieu-Donné*. Le clerc raconta ces détails à un chanoine de Sens au service duquel il étoit, et celui-ci en fit part à diverses personnes, entre autres à un moine de la ville, appelé Gautier, qui les mit en vers latins. Ce sont ces vers latins qu'Alexandre du Pont traduisit en langue romane.

Il sembleroit que le poëme, ayant pour garant le récit d'un ancien disciple de Mahomet, doit reposer sur des données authentiques; cependant il n'en est

—

[1] IIIe *Lettre normande à* M. J. C. (Joseph Chénier) *sur ses articles du* MERCURE *relatifs aux fabliaux*, insérée dans le *Journal de l'Empire* du 4 mai 1810, p. 3, col. 1.

pas ainsi, et plusieurs des épisodes qui s'y trouvent paroissent avoir été empruntés à un poëme romanesque composé vers l'an 1100, par le vénérable Hildebert, évêque du Mans [1]. Comme quelques uns de ces épisodes se trouvent dans le *Speculum historiale* de Vincent de Beauvais, ouvrage composé à la même époque que le *Roman de Mahomet*, il paroît qu'il y avoit alors, comme à présent, des erreurs populaires tellement accréditées, que ni le témoignage des personnes éclairées, ni même l'expérience, ne pouvoient les dissiper entièrement.

Presque nulle part on ne rencontre dans le poëme ce qu'il est aujourd'hui convenu d'appeler la *couleur locale*. Mahomet y est représenté, moins comme un génie supérieur qui, à force de courage et d'adresse, parvint à changer la face d'une grande partie du monde, que comme un *baron* du moyen âge, qui, entouré de de *vassaux* dévoués, vit s'élever presque sans effort l'édifice qui nous étonne encore.

Le seul manuscrit qui contienne le *Roman de Mahomet*, appartient à la Bibliothèque Royale, et porte le n° 7595. Ce manuscrit paroît être de la fin du treizième siècle, c'est-à-dire, presque contemporain de l'auteur. Il renferme un grand nombre de pièces, entre autres le *Roman de la Violette*. Comme M. Francisque Michel

---

[1] *Historia Mahumetis*, poëme latin en 16 chants. Voy. *Hildeberti opera*, édition de D. Beaugendre. Paris, Laurent le Conte, 1708, in-fol.; p. 1277 et suiv.

se propose de publier bientôt une édition de cet ouvrage, et de la faire précéder de la liste de toutes les
pièces contenues dans le manuscrit, nous nous dispen-
serons d'insérer ici cette liste.

Aucuns veut
ou savoir la vie
mahomet avoir
En peras chi co
missanche En la
terre le roi de
franche pest
iadis alouis en
bourgoigne.

ns clers avoechs .j. chanoigne
i sarrasins avoit este
als prise avoit crestiiente
ahom del tout laissie avoit
ar toute la ville savoit
mahomnes fist en sa vie
e barat et la trecherie
l fu clers avant il fu paiens
et clers apries fu crestiiens
son signour conta la guise
i a .j. abbe de la vile
e fi on apieloit giniier
e conta et chil agautier
i moignes estoit de salbie
i moignes lues en verseté
.j. livret en latin en fist
Alyxandres dou pont prist
a matere dont il a fait
est petit romanch et estrait.

ROMAN
DE MAHOMET.

De Mahommet.

S'auchuns velt oïr ou savoir
La vie Mahommet, avoir
En porra ichi connissanche.
En la terre le roi de Franche
Mest¹ jadis à Sens en Bourgoigne,
Uns clers avoecques .j. chanoigne,
Ki Sarrasins avoit esté,
Mais prise avoit crestiienté;
Mahom del tout laissié avoit;
Car toute la gille savoit
Que Mahommès fist en sa vie,
Le barat et la trecherie.
    Il fu clers quant il fut paiens,
Et clers apriès fu crestiiens.
A son signour conta la guile
Ki à .j. abbé de la vile,
Lequel on apieloit Gravier,
Le conta, et chil à Gautier

---

¹ Demeuroit.

1

Ki moignes estoit de s'abbie[1].
Li moignes luès en versefie,
.J. livret en latin en fist,
U Alixandres dou Pont prist
La matère dont il a fait
Cest petit romanch et estrait.

Si com aferme li dis moignes,
Adans avoit non li chanoignes,
Li clers avoit non Diu-dounés,
Pour chou c'à Diu s'estoit donnés.
Il connissoit par escripture
Et Mahommet et sa nature,
Comment il s'estoit demenés,
Et où ses linages fu nés.
Ses pères fu nés d'Ydumée[2],
Aussi i fu sa mère née.
Audimenef ot non ses père[3];
Mais je ne sai le non sa mère[4].
Toute la loy de Jhesucrist
Savoit par letre et par escrist[5].

---

[1] Son abbaye.

[2] La ville de la Mecque, patrie de Mahomet, est située en Arabie, dans la province du Hedjaz, qui est limitrophe de l'Idumée.

[3] Audimenef, ou plus correctement Abdo-Menaf, étoit un des aïeux de Mahomet. Le père du Prophète se nommoit Abd-Allah.

[4] Le nom de la mère de Mahomet étoit Amina.

[5] Le Christianisme et le Judaïsme avoient, au temps de Mahomet, fait de grands progrès en Arabie, et il étoit na-

> Bons clers ert de géometrie
> De musike et d'astrenomie,
> De gramaire et d'artimetike,
> De logike et de rétorike[1].
> Par géometrie séust,
> S'il vausist, quans piés il éust
> De Mont-agut au Savoir,
> Portant k'il le peuist véoir[2].

---

turel qu'un homme qui vouloit fonder une nouvelle religion, s'empressât de faire connoissance avec nos livres saints ainsi qu'avec les traditions juives et chrétiennes; mais l'auteur suppose à tort que Mahomet les connoissoit *par letre et par escrist*. Le Prophète ne sut jamais écrire, et ce ne fut que dans les dernières années de sa vie qu'il apprit à lire. Voy. les *Monuments arabes, persans et turcs du cabinet de M. de Blacas*, par M. Reinaud. Paris, Imprimerie Royale, 1828, in-8°, tom. I, p. 281.

[1] Mahomet avoit beaucoup d'esprit naturel et même du génie; autrement, comment seroit-il parvenu à changer la face d'une grande partie du monde? Mais il partageoit l'ignorance de ses compatriotes, et il s'appelle lui-même, dans l'Alcoran, *le Prophète idiot* (النبي الامي). Ses disciples n'ont pas laissé de lui accorder la science infuse. Voyez la *Vie de Mahomet*, par Gagnier. Amsterdam, 1748, t. III, p. 394.

[2] Au moyen de la géométrie, il auroit, à la simple vue, su combien il y avoit de pieds de Montaigu au Sauvoire.

Montaigu est un lieu situé à quelque distance de Laon, et le Sauvoire (Salvatorium) est une abbaye placée aux environs de la même ville. Voy. le *Gallia Christiana*, t. IX, col. 640. F.

Il savoit tous chans acorder
Par musike, sans descorder;
Et par forche d'astrenomie
S'aucuns hom éust courte vie,
Ou déust vivre longhement;
Ques ans fust plentuis de forment,
Ou s'il déust molt grant froit faire [1].
Molt bons clers estoit de gramaire.
Par artimetike séust
Quans quarriaus tailliés il éust
En une tour u en .j. mur,
Ou autre conte plus séur.
Par retorike et par raisons
Savoit-il bien que jamais hons
Rendre vaincu ne le péust,
Jà soit chou que bon droit éust [2].
 Jà soit chou que il fust si sages,

---

[1] Mahomet défendit à ses disciples les pratiques de l'astrologie. Les Musulmans cependant ne tardèrent pas à partager les idées qui dominoient alors dans tout l'ancien monde, et l'auteur, en rangeant l'astrologie judiciaire au nombre des véritables sciences, ne fait que suivre l'opinion générale de son temps. Voy. les *Monuments Arabes*, etc., déjà cités, t. II, p. 366 et suiv.

[2] Mahomet avoit l'élocution facile, et les discours que les historiens lui font tenir, prouvent qu'il étoit naturellement éloquent. C'est d'ailleurs l'Alcorân qui a fixé la langue arabe, et ce livre passe encore, en Arabie, pour un modèle inimitable de style.

(v. 63.)

S'estoit-il sers et ses linages [1].
Sers de son chief por voir estoit
A .j. baron cui il servoit,
Ki riches ert de grant manière
De bos, de prés et de rivière,
De vergiers, de molins, de fours,
De castiaus, de viles, de bours,
De chevaliers, de castelains,
De citoiens et de vilains [2].
Et jà soit chou k'il fust mueblés
De vins, d'avainnes et de blés,
De deniers et d'or et d'argent,
Souvent envoioit par sa gent

---

[1] Mahomet naquit dans la pauvreté, et il fut obligé de se mettre au service d'une riche veuve appelée Khadigia, qu'il finit par épouser et qui fut l'auteur de sa fortune; mais il est faux qu'il fût serf, lui *et ses linages*. Il appartenoit à la tribu des Koraïschites, la plus illustre de la Mecque, et sa famille avoit toujours tenu un rang élevé dans la ville. Au reste, la tribu des Koraïschites descendoit d'Ismaël, fils d'Abraham, et Mahomet étoit très fier de cette origine.

[2] L'auteur suppose à tort que le mari de Khadigia vivoit encore, lorsque Mahomet entra au service de cette dame; il représente d'ailleurs cet Arabe comme un *baron* qui possédoit des bois, des prés, des rivières, etc. C'est abuser de la liberté qu'on accorde aux poètes. Le territoire de la Mecque, comme presque tout le reste de l'Arabie, est sablonneux ou pierreux, et sans quelques dattes et le commerce que les habitans faisoient avec l'Yémen, la Syrie et l'Égypte, le pays eût été inhabitable.

En lontains lius marchéandise,
Selonc la coustume et la guise
Ki ou païs adonc estoit[1];
Mais plus par Mahommet faisoit
Que par conseil de nul autre homme.
Il li a donnée la somme
De commander od sa maisnie
En son osteil à grant baillie.
Quant il est présens en maison,
A toute chose rent raison:
Plus que dormir amoit villier,
Et soi durement travillier
Ou pre· son signor et sa dame;
Jamais ne trouvaiscent nule ame
Ki lor féist si loiaument
Lor choses, ne si saghement[3].

En cel tans, en cele partie,
Estoit uns hom de sainte vie,
Demourans en .j. hermitage
En une montaigne sauvage,

---

[1] Les Mecquois transportoient à Bosra, à Damas et dans le reste de la Syrie, les dattes, les parfums et les aromates de l'Arabie Heureuse et de l'Inde. A leur retour, ils faisoient part à l'Arabie du blé, des raisins secs et des étoffes des provinces de l'empire romain.

[2] Au profit.

[3] Les écrivains musulmans sont unanimes sur le zèle et la probité dont Mahomet fit preuve envers Khadigia; aussi lui donnent-ils le titre d'amyn (امين) ou de *fidèle* par excellence.

(. 96)

U il proioit Nostre Signour
Pour tout le pule , cascun jour[1] ;
Lui meïsmes n'oublioit mie ;
Car mal proie qui lui oublie,
Et cil n'est pas de bonne foi
Ki ne prie fors que pour soi.
Molt valt d'un juste la pièche[2] ;
Car Nostre Sires l'a molt chière.
Cil hom vivoit sans vilonnie,
Poi buvoit de bon vin sour lie,
Mais aighe ki n'ert pas boulie :
Por Diu menoit si dure vie ;
Car toz honnis estre cuidast,
Se son cors gaires reposast ;
Nul mal en lui ne laissoit croistre,
Ains se batoit dedens son cloistre
Où il abitoit trestous seus.
Voisins ert as ours et as leus, .
Petit dormoit, si vestoit haire,
De char mangier n'avoit que faire,
Magres estoit et piaucelus [3]
Par astinenche, et tous pelus.
Diu proioit en tel penitanche,

---

[1] Il s'agit ici d'un moine chrétien qui demeuroit à Bosra, à quelque distance de Damas, et que Mahomet eut occasion de voir dans ses voyages. La plupart des auteurs arabes le nomment *Bohayra*, et Guillaume de Tripoli *Bahayra*.

[2] Lisez *proière*.

[3] Il étoit maigre et n'avoit que la peau sur les os.

Toute estoit en Diu s'esperanche.
A s'ame paroles devines,
Et sa char donne herbe ou rachine,
Et quant ses mangiers ert plus grans,
Si mangoit faînes ou glans;
Et souvent par le saint Espir
Savoit les choses à venir.
A lui vont les gens de la terre
Conseil demander et requerre;
Tous les ensaignoit, comme sages,
Selonc lor dis et lor éages,
Et quant les avoit consilliés
Si s'en r'aloit chascuns toz liés.

Une fois aloit au saint homme
Mahommès por s'amour[1] la somme
Pour vivre droiturièrement,
Et si proia dévotement.
Si tost con li Sains l'a véu,
Maintenant a aperchéu
Que le dyable en son cors a,
Pour chou de la crois se saigna
Et dist : « Fui-t'ent en sus de moi;
Car je n'ai que faire de toi;
Car tu n'aimmes Diu ne ses sers,
Ains es as vis dyables sers[2]. »

---

[1] Il faut probablement lire *savoir*.

[2] Les auteurs musulmans parlent de l'entrevue de Mahomet avec l'Ermite; mais, bien loin de prêter à celui-ci un langage aussi sévère, ils disent que ce religieux fut frappé

(v. 141.)

Mahommès fu tos esméus,
Aussi con s'il fust tresbéus [1],
K'il fust si fais pas ne savoit;
Por chou le saint homme proioit
K'il li déist, se lui pléust,
Pour coi il laidengié l'éust.

  « Mahom, chou dist li sains Hermites,
Tu ies au dyable toz avites [2],
Et si ies sa possessions.
Par tes grans tribulations
Sera la loys Jhesu destruite,
Et la malvaise lois estruite.
Tu, desloiaus et plains de rage,
Abateras saint mariaige
Que li fils Diu em paradys
Fist d'omme et de femme jadis;
  Tu dampneras virginité;
Li chastes par t'iniquité
Sera avoutres [3], et par toi
La gens sera fole et sans foi.
Circoncisions de pensée
Iert par toi desacoustumée,
Et cele de char revenra

à la première vue de l'éclat divin qui brilloit en la personne
du Prophète, et qu'il crut aussitôt en lui.
   [1] Trébuché.
   [2] Du participe *avitus* usité dans la basse latinité, et qui
signifie *appartenant*, *possédé*.
   [3] Adultère.

(v. 167.)

Que la gens maudite tenra [1].
On delaira [2] par toi batesme
Et la sainte onction de cresme.
Une loi controuveras vainne
Dont mainte ame sera em painne. »
Mahommès aferme forment
Que miex vauroit souffrir torment
U c'on le déust à mort traire,
Qu'il déust la loi Diu deffaire.

Li sains hom set bien que il ment,
Si le laidenge durement,
Et le commande aler en voie;
Car sa presenche li anoie.
Mahommès se part de l'hermite;
De la parole k'il a dite
Ne puet remouvoir son corage;
Il est jà entrés en la rage,
Et plus croit à l'omme saintisme
Que il ne fait à lui-meïsme.
Il cange coulour en sa fache
Souvent, et ne set que il fache;
N'est pas jà en sa poesté,
Li dyables l'a conquesté
Ki en faisoit chou k'il voloit;
A son affaire li aidoit,

---

[1] Dans la pensée du poète, l'Ermite faisoit ici allusion à l'amour immodéré que Mahomet manifesta pour les femmes dans les dernières années de sa vie, et à l'indulgence qu'il a montrée dans l'Alcoran pour les plaisirs des sens.

[2] On délaissera.

(v. 191.)

Il li aide à chascune oevre
A son voloir, car Diex le sueffre ;
Il li aide si com il vieut.
A son signor si con il sieut,
Mahommès pensis s'en repaire,
Si le sert ensi con siut faire ;
Les serghans huche de la court,
Cascuns se haste, à lui acourt
Pour demander sa volenté.
Il lor dist : « Chargiés à plenté
Sour les sommiers dras d'escarlates,
Et biaus joiaus d'or et de plates[1],
Et dras où il a maintes roies,
Vairs et gris, siglatons de soie[2]. »
Et il meïsmes prent monnoie
Pour faire despens en la voie.
Mainte chose ont chargié diverse :
Marchéander s'en vont em Perse ;
D'illuecques vont as Indiiens,
Et puis as Ethyopiiens[3].
Lor marchéandises vendirent,
Autres rechargièrent et prirent ;

---

[1] D'argent. Le mot espagnol *plata* a encore la même signification.

[2] Le mot *siglaton* (كجلاط) est arabe, et désigne une étoffe de laine ou de soie.

[3] Le poète se livre encore ici à son imagination. Mahommet n'est jamais allé en Perse, ni dans l'Inde, ni en Éthiopie ; le comte de Boulainvilliers seul lui a fait visiter une partie de ces contrées.

Onques mais si bien au valoir
Mahommet n'avint, car d'avoir
A son signor raporta bien
.Iij. tans k'il n'en porta dou sien.
    Li jugemens Diu si parfons
Est que nus hom n'i prendroit fons ;
Et qui le poroit encerchier ?
Chelui castoie qu'il a chier
En cest siècle amiablement ;
Quant atendu a longhement,
Bien se set del malvais vengier
Et de haut en bas trébuchier.
    Dire vous voel d'un chevalier
Chevauçant et d'un escuier
Et d'un boskillon¹ molt preudomme
Ki ert venus querre une somme
Des buche au bos. Li escuiers
Portoit .j. gourle de deniers
Que ses sires li ot chargié ;
Si le perdi par son péchié,
Et les trouva li boskillons ;
Comme sages à genoillons
Nostre Signour en aoura.
Apriès gaires ne demoura
Que li doi se sont perchéu
De lor perte ; sont esméu.
Par la foriest, le trot menu,
S'en sont arrière revenu ;

---

¹ Bûcheron.

(v. 241.)

Ne truevent riens, ne sont pas lié.
A l'escuier trencha le pié
Li sires comme forsenés.
Là vint uns hermites senés,
Sains et plains de toute raison ;
Priès d'illuec avoit sa maison.
　　Li sains hom à l'escuier dist :
« Ki te fist chou ? » Cil respondi :
« Sire, uns chevaliers m'a che fait. »
« Por coi ? L'avoies-tu meffait ? »
« .J. gourle de deniers portoie,
Si m'est chéus en mi la voie ;
Il cuide je l'aie muchié,
Si m'a pour chou colpé le pié.
Je vous di en confession
Que n'ai pas fait tel mesproison ;
Je croi c'aucuns trouvés les a,
Ki le bois après moi passa ;
Onques par moi n'en fu grevés. »
En son corage en est torblés
Li Hermites pour l'aventure
Ki molt li sambloit estre oscure ;
Il proie Diu en sa pensée
Que il l'en fache demoustrée,
Pour chou k'il n'entre en male voie,
U en errour ki le desvoie.
Uns angeles[1] Diu li envoia

Ki la vérité li conta.

  Li Angeles descendi des cius,
Environ resplendi li lius.
Li Ermites connoist bien l'Angele,
Qui orison fait en .j. angle
Par dedens en son habitacle.
Li Angeles li dist le miracle
Del jugement ke Dex fait a.
« Le boskillon deshyreta
A tort li chevaliers jadis;
Li escuiers ki fu maris
Sa mère avoit feru dou pié:
Or en a esté bien paié.
Dou pié feri à tort sa mère,
C'est à bon droit s'il le compère¹.

   « Ensi juge li Rois célestes.
En cest siècle maintes molestes
Sueffrent li ami Jhesucrist,
Ensi con l'Escripture dist,
Pour auchun péchié ke il font,

---

trois, comme l'exigent la rime du vers 274 et la mesure de
tous les autres vers où ces deux mots se trouvent.

¹ Voyez deux apologues semblables à celui-ci dans les
Contes et Fables de Pidpaï. Paris, 1778, t. 1, p. 310
et suiv., et dans la *Chrestomathie arabe* de M. Silvestre
de Sacy, 2ᵉ édition. Paris, Imprimerie Royale, 1827, in-8º,
t. III, p. 428. Voyez aussi le fabliau de *l'Ermite qui s'a-
compaigna à l'ange,* dans le nouveau recueil de fabliaux
et contes donné par Méon. Paris, 1823, t. III, p. 216.

(v. 289.)

U pour l'amour ke à Diu ont,
K'en l'autre siècle soient quite;
Mais li malvais si se delite,
Et Dex souvent maint bien li donne
Pour auchune oevre k'il fait bonne,
Jà soit chou qu'ele soit petite;
Si l'en rent ichi le mérite,
U pour chou que il soit plus mas
Quant chéus ert de haut en bas.

  « Aussi de saint Piere de Romme
Fu, et de Noiron [1] le fel homme
Et de saint Jop [2] et de Mahom,
Et dou Riche qui tant poon [3]
Englouti et tant bon poisson,
Tante pièche de venison,
Et but bon vin par grant delit,
Et ki avoit si souef lit,
Qui vestoit la porpre nobile,
Ensi con nous dist l'Euvangile [4],
Au Ladre ne vout faire bien;

---

[1] Néron.

[2] Job.

[3] Paon. Cet oiseau rôti, mais servi entier avec tous ses membres et même avec ses plumes, sur la table des rois et des barons du moyen âge, étoit un mets d'apparat très estimé à cette époque. Voy. *Histoire de la Vie privée des François*, par Le Grand d'Aussy. Paris, Laurent-Beaupré, 1815, in-8°, t. 1, p. 361 et suiv.

[4] Évangile selon S. Luc, ch. XVI, vers. 19 et suiv.

Ses plaies lechièrent li chien,
Miels li faisoient que li Riches
Ki le menu relief des miches,
Dont il plus mangier ne voloit,
Au povre Ladre ne faisoit
Donner, ki se moroit de fain;
Mais quant la mors l'ot pris à l'ain,
Tost fu au torment ki ne faut.
Orendroit a chou que il vaut
Cil ki soloit estre pourris;
En infier est li bien norris :
Li uns est de son mal garis,
Li autres est tous esmaris
Ki au siècle pensa de soi;
Orendroit est à si grant soi
Que, s'il buvoit toute la mer
Et si n'i éust point d'amer,
Son soif n'en estancheroit pas;
Plus fort mal a que le lampas [1].

     « En cest siècle ont souffert li Saint
Painnes pour Diu et tormens maint,
Qui furent tormenté jadis;
Ensi conquisent paradys.
Li tyrant, li felon Gyu
Nostre signor meïsme Diu

---

[1] On donne ce nom à une tumeur inflammatoire qui survient au palais des chevaux, derrière les pinces de la mâchoire supérieure. *Nouv. Dictionn. de médecine,* etc. Paris, veuve Duchesne, 1772, in-8°, t. IV, p. 26.

Clofichié en la crois pendirent
Et à grant tort morir le firent
La gens à cui il est proumis,
Et de Diu le père tramis;
Au tierch jour se resçusita;
Voiant ses Apostles monta,
Aussi comme devant dit a,
Em paradys, dont puis maint a
Avocc lui trait de ses amis
Et en sa gloire avocc lui mis,
Et fera pardurablement.
Or dois dont estre establement
Fors, et prendre en gré povreté
Et le malvais avoir plenté,
Par l'example que je t'ai dit
Dou Ladre et dou Riche meudit. »
    Mahommet ai entrelaissié,
.J. example ai entrelachié
Bien couvignable à ma manière.
A Mahom revenrons arrière.
Apriès petit de tans fu mors
Ses sires; si fist-on au cors,
Aussi con on dut, sa droiture.
La dame remest en grant cure:
N'avoit ne signour ne enfant.
Mahons le sert comme devant,
Et li pourvoit tout son affaire
Aussi con son signor sint faire;
Par son sens et par son savoir
Li mouteplioit son avoir,

Plus que faire ne siut assés.
Si tost con li ans fut passés,
La dame .j. jouene bacheler
Propose à prendre; mais celer
A Mahommet ne le vout mie,
Ains s'en est à lui consillie.
Tout li descouvri son corage,
Pour chou qu'ele le véoit sage.
Ele dist : « Je sui en anui:
Encore jouene femme sui,
Et femme est chose poi poissans.
J'ai chamberières et serghans
Ki bien font mon commandement,
Et si ai maint bon tenement,
Viles, cités, castiaus et bours,
Barons, castelains ai pluisours;
Si sui remese sans mari,
Dont jou ai moult le cuer mari.
Pièche a que point de père n'ai
Ne mère, si que je ne sai
Comment ele puisse gouvrener.
Par ton los me voel assener;
Bon conseil et loial me donne
Et avenant à ma personne.
D'omme de grant chevalerie
Me pourvoi, c'on ne die mie :
« Ceste dame s'est avillie. »
Pour chou que jou en toi me fie,
L'ai dit tout seulement à toi. »
Mahons respont : « En bonne foi,

(v. 391.)

Et jour et nuit m'en penerai ;
Par aventure trouverai
A vostre oes bien chose avenant,
Bonnement m'en irai penant ;
Mais à painnes porrés trouver,
Se li vrais Dex n'i velt ouvrer,
Ou s'il meïsmes ne le fait,
Homme si saige et si parfait. »
    Mahons de sa dame départ,
Pensans se il par auchun art
Avoir à femme le péust.
Ains que .viij. jors passés éust,
Mahons à sa dame revient ;
Comme porpensés se contient,
Pour soi parole sagement,
Et bas resgarde simplement.
Estre véritables se faint,
Vous le cuidissiez estre .j. saint.
Il parole par grant savoir ;
Car sa dame velt dechevoir.
Maistres de retorique samble,
Tante soutil parole assamble ;
Il dist : « S'omme de haut parage
Prennés, ki soit de jouene éage,
Ki soit biaus et chevalereus,
Par aventure ert amoureus ;
Une autre de vous amera
Et de vous cure n'avera ;
Ains serés en vilté tenue,
Et se vous em parlés, batue.

Ensi vous ert fel et estous,
Et si gastera vos biens tous
Par orguel et par sa luxure.
S'on ne met au retenir cure,
Tost est alé, che m'est avis,
Chou c'on a en lonc tans aquis.
Dont je vous lo en bonne foi
Que jouene homme plain de bufoi
Et fier pour ses haus parentés
A nul jour ne vous assenés. »
« Mahon, bien croi que jà pensés
D'auchun viellard ki bien sensés
Est; or ne¹ dites vo pensée.
En lui serai bien mariée;
Il gouvrenera sagement
Moi et mes choses et ma gent;
Ensi sans grant cure serai.
Au viellart me marierai. »
« Mais assamblée n'est pas bonne
De viellart et de femme jonne.
　　« Aniables² et tost tornés
Est li viellars, bien le savés;
Ordure ist de ses iex et vient,
Et tous jors plus petis devient.
Il est foibles, il a le³ tous,
Et se li tramble li cors tous.

---

¹ Nous proposons de lire, me.
² Ennuyeux.
³ Le est ici pour la.

(v. 450.)

En lui n'a déduit ne reviel [1] ;
Il a souvent le makeriel [2],
Le ventre a tout plain de froidure,
Tous kenus devient par nature,
A painnes puet-il oïr goute,
Et si le tient souvent la goute ;
Il est adiès plains de rihote [3] ;
Chascun jour plus et plus assote ;
Il a le visaige fronchié ;
Mais jouene dame a le cuer lié
Et aimme festes et delis,
Et s'a coulour de flour de lis
Meslée avoec coulour de rose
Contraire à toute l'autre chose
Que j'ai del viel homme contée,
Se par plaie n'est mal menée
Ou par auchune maladie :
Avoec le viellart het sa vie.
Et puis que il sont si contraire,
Se vous volés mon conseil faire,
N'à viel n'ait-il jone m'acort,
Se croire volés mon acort.
« Fole sui ki tant vous sermon,
Voel-jou ensaignier Salemon ? »
« Dame, assés plus de moi savois
Et nequedent véu avois

---

[1] Plaisir.
[2] Rhume.
[3] Humeur chagrine.

Qu'à maint homme avient mainte fois
Que il fait miex autrui esplois
Et miels garde les autrui biens
Souvent que il ne fait les siens.
Examples vous em puis mostrer,
Bien le poés par moi prouver.
Tous tans ai mis ma chose à terre
Pour le vostre pourfit aquerre;
Et quant vostres maris vivoit,
De trestous vos serghans m'avoit
Au plus pourfitable esléu,
Si l'a-on bien aperchéu.
Je vous fui sages et loiaus,
Bien devés croire mes consaus:
Chou que je di, sachiés de fi
Que je le di pour vos pourfi. »
    La dame à Mahom respondi :
« Or donques chou que tu vels di
Selonc raison, et je l' ferai,
Volentiers ton conseil querrai[1]. »
Mahons assés plus asséur
K'il ne soloit, et sans péur
Commenche à dire son corage :
« Dame, dist-il, trestout l'usage
Sai de vo court et de vo gent.
N'avés vile, ne tenement,
Ne rente nule, ne tenanche

---

[1] Le sens exigeroit qu'on lût *croirai*.

(v. 503)

Que jou ne fache¹ de m'effanche²;
N'aurois homme ki tant en sache
Ne ki tant aint vostre avantage,
Et se je ne fuisse en servage,
A nul homme de haut parage
Ne porriés miex estre donnée
Estre qu'à moi, n'estre assenée. »
   La dame plainne de mesure
Pour la parole ki est dure,
De courous ne fait nule chière,
Ains li respont en tel manière,
Bielement, sans lui dire blasme :
« Ton conseil ne lo ne ne blasme
Del tout en tout, car vérité
M'as dit de la nobilité
Del jouenenchiel plain de posnée.
Tost a autre quise et amée,
Et laissié sa femme espousée;
Ne je ne pris pas assamblée
De viellart et de femme jone,
Ne point ne me samble estre bone.
Bien m'as mostrées les raisons;
Si ne me seroit jamais hons
Que je m'i péuisse acorder,
Ne je ne me puis concorder
Que nous péuissions estre ensamble
Par mariaige, che me samble;

---

¹ Vraisemblablement il faut lire *sache*.
² Dès mon enfance.

Car la gens mesdiroit de moi,
Se jou me marioie à toi.
Quel raison trouver i poroie?
Moult miex estre morte volroie
Que la gens de moi mesdesist,
Ne que auchuns fel en desist
C'avoec moi éuissiés couchié,
N'à moi éussés atouchié
Pour faire auchune malvaistié
Par lecherie ou par péchié.
Jà ne s'en porroient tenir,
Ains diroient pour escarnir:
« Il convient audesous jesir
« No dame ki sieut signorir. »
Ne me voel pas tant abaissier;
Desous moi ai maint chevalier
Et gens qui me doivent cherir :
Ne me daigneroient servir
Se je te prennoie à signour ;
Ensi perderoie m'onnour :
Ne feroient pas ton commant,
Ains nous iroient despisant;
Ensi par toi grant perte aroie
Et m'onnour amenuiseroie. »
    Mahommès em pais escoutoit
Chou que sa dame li disoit;
Il se test, em bas resgarde;
De parler .j. petit se tarde ;
Ses iex eslieve, après parole
A sa dame ki n'est pas fole,

(v. 850)

Et li dist : « Bien me devés croire
Se je vous di parole voire;
Se vous me volés afranchir,
Ne vous estuet de riens cremir.
Vous n'avés homme ne serghant
Ne chevalier nul si poissant
Que ne sousmete par paour
U par forche ou par grant amour.
Jà n'i trouverés si grant sire
Ne si bas, ki en ost mesdire;
Jà de vous fors bien ne diront.
Vos biens, vos honors croisteront,
Car je le saurai bien pourquerre;
Nés les chevaliers d'autre terre
Ferai vos hommes devenir.
Se je mene, faites-moi fenir
A tourment et à grant martyre. »
Quant la dame li ot chou dire,
Dist li que volentiers fera
Chou que sa gens li loera,
Et bien velt faire par conseil :
De chou mie ne m'esmerveil.

    Mahons de la sale s'en ist;
A chascun des haus barons dist,
Si tost con ot et liu et tans,
Em proiant, k'il li soit aidans,
Car il en a moult grant mestier.
A l'un promet maint bon destrier,
A l'aultre arméures d'achier,
Et quanque li mondes a chier.

Tant a par sa promesse fait
Qu'à s'aïde a chascun atrait;
Ensamble les a aünés
En .j. liu où les a menés.
Quant tuit li orent en convent
K'il li aideront loiaument,
Tout son corage lor descuevre
Et lor proie que chascuns oevre
Et mete painne qu'afranchis
Soit de sa dame, et ses maris;
Et k'il li voellent par amour
Porter reverenche et honnour,
Aussi comme cascuns faisoit
A son signour, quant il vivoit.
　　Avarisce est de tous péchiés
Commenchemens, dont entechiés
Furent malement li baron,
Ki voelent faire avoir Mahom,
Qui estoit devant sers, leur dame,
Por ses grans dons avoir, à fame.
Par devant si signour estoient,
Par dons à lui se sousmetoient.
　　Ensamble à lor dame s'en vont;
Chou que de Mahom oï ont
Li voellent enorter et dire:
« Dame, dient-il, se nos sire,
Ki si estoit sages et fors,
Par le plaisir Diu ne fust mors,
A painnes trouvissiés nului
Ki jà vous osast faire anui,

(v. 610.)

Bien vous séust tous sens tenser,
Ne vous en convenist penser;
Mais puis que il est trespassés,
Et atendu avés assés,
Et que remese estes sans oir,
.J. autre vous estuet avoir.
Ne porriés vo terre tenir
Seule, ne la painne souffrir;
Mais il samble que chaste fustes
Tant con vostre mari éustes;
Encor en estes renommée.
S'est vo compaignie assamblée;
S'encor avés sifait propos
Que vous le laissiés par no los,
Jamais tel propos ne tenés,
Nous proions que signor prenés.
S'oir ne laissiés en vostre terre,
Après vo mort, par mortel guerre
Sera vostre terre assaillie,
Chascuns en volra sa partie,
U cil le volra toute avoir
Ki le plus aura de pooir.
Chelui qui le contredira
A l'espée morir fera;
U nous serons emprisonné
Et trestuit à la mort donné,
Se encontre lui nous tenons
Et nous si serf ne devenons.
S'à nostre conseil assentir
Ne vous voliés, tel mal sentir

Nous ferés, con nous avons dit;
Or n'en faites pas escondit;
Il vous convient mari avoir
Et nous signour, par estavoir. »
　　La dame lor respont et dist,
A cui la parole abielist:
« Se par devant propos éusse
Que marier ne me déusse,
Si l'auroie-jou tost laissié
Et par raison et pour pitié;
Mais talent n'ai que propos tengne
Ki de vostre conseil ne vengne.
Or me querés donques personne
Ki me soit avenans et bonne,
A moi et à vous pourfitable.
Nequedent, se mains convenable
Estoit à moi que ne déust,
U en soi mains nobleche éust,
Jà vo conseil ne despiroie,
Sans contredire le feroie. »
　　Tout maintenant la compaignie,
Luès que la parole a oïe,
Li proie qu'ele lor proumete,
Et que n'en fache longhe dete,
De faire lor volenté toute.
La dame l'otroie, et escoute
.J. chevalier viel homme et sage,
Et bon clerc et de haut parage,
Ki commenche conter et dire
Comment dame Dex nostre sire

Tout le mont par aighe noia,
Quant le grant deluve envoia,
Pour le criminable péchié
Dont tuit estoient entechié
Adont, fors seulement .viij. ames :
Noé et ses fils et lor femmes.

  « On trueve en .j. livre devin
Que Noé, par forche de vin
K'il but, s'endormi descouvers ;
Uns siens fils, com fel et cuivers,
Rist quant il vit ensi son père,
Et le moustra à Seu[1] son frère
Et à Jafès, ki le couvrirent,
Honteus de chou que nut le virent.
Si tost com Noé le séut,
Tel honte et tel anui en eut
K'il le maudi, et en servage
Le fist estre tout son éage[2].

  « Tuit furent au commenchemant
Franc et gentil communaumant ;
Mais pour chou que Adans pécha,
De péchié tous nous entecha :
Dont uns enfès maintenant nés
En seroit en ynfier penés,
Se par batesme non n'éust
Et par grasce avant k'i morust.

---

[1] Sem.
[2] Genèse, chap. IX, vers. 21 et suiv.

« Adans nous a, par .j. seul mors[1],
Si malement honnis et mors
Que ne poons péchié fuir,
Et que tous nous convient morir ;
Avoir eschivé le péust,
Se le commant Dieu fait éust.
Adans et sa femme ensement,
Et chascuns hom communement
Fust frans et en cor et en ame.
Pour chou le vous ai dit, ma dame,
Que ne l' saviés, par aventure ;
Car véu l'ai en escripture.
Ne croi pas à muable chose
Se la sentense en ai esclose :
Ensi vint servages avant.
Qui de péchié se va lavant
En molt grant franchise se met,
Quant à Diu servir se sousmet ;
Ses fils devient, et il ses pères ;
S'est rois des rois et empereres,
Dont ne le puet-on pas serf dire.
A tesmoing en trai Nostre Sire,
Et saint Jehan l'Ewangeliste
De la parole Diu maïstre :
A cest tesmoing doit-on bien croire ;
Tos jors est sa parole voire.
Dont doit estre frans et gentis

---

[1] Morsure. Ce mot est pris ici pour l'action de manger
du fruit défendu.

(v. 733.)

Hom loiaus et entalentis,
Vivre sans nule male teche
Et vient¹ soi garder k'il ne péche.
      « Dame, sers avés à plenté;
Mais en l'un a plus grant bonté
Assés k'il n'a ès autres tous;
A .j. besoing fiers et estous
Seroit, vigereus molt et fors;
Et si est avenans de cors,
Bien tailliés, de menbres adrois;
Il seroit dignes d'estre rois;
Car il est sages et apers,
Se ses linages ne fust sers. »
Aussi con se ne séust mie
La dame que de Mahom die,
Respondu li a en faignant:
« Ne sai que vous m'alés loant;
Moustrés-le-moi; s'il est si fais,
Frans par vo conseil sera fais. »
      Mahom amaimment en present:
Affranchi est isniclement,
Et dou mariaige ont traitié.
La besoigne ont si esploitié
Que l'uns et l'autres s'i assent.
Mahons sa dame à femme prent;
Li baron demainnent grant joie,
Mantiaus et robes font de soie;
En haut font tendre les cortines,

---

¹ Lisez : *bien*.

Où il a estoires devines
De la loy anciiennes pointes,
De maintes bonnes coulors taintes [1].
Mains haus prinches i est venus ;
N'i remaint hom ki vaille nus.
Tante dame avenans et biele,
Et tante noble damoisiele ;
Tant borjois et tant eskuier,
Ki portent maint hanap d'ormier
Et mainte piere précieuse ;
Mainte viele [2] deliteuse

---

[1] Dans le moyen âge, en Europe, on mettoit beaucoup de prix aux étoffes représentant quelque trait de l'Ancien ou du Nouveau Testament. Saint Louis, voulant faire la cour au Khan des Tartares, lui envoya une tente d'écarlate, où l'on avoit *entaillé par ymages l'Anonciacion Nostre Dame et touz les autres poins de la foy.* (*Histoire de Saint Loys,* par Jehan, sire de Joinville, édit. de Francisque Michel. Paris, Béthune, 1830, in-18, t. I, p. 98.) Il n'est pas besoin d'ajouter que la présence de ce genre de tapisserie à la Mecque ne repose probablement que sur l'imagination du poète.

[2] M. de Roquefort (*Etat de la Poésie françoise dans les XIIe et XIIIe siècles.* Paris, Audin, 1821, in-8°, p. 107) affirme que la *vielle* n'étoit autre chose que le violon de nos jours, et il cite à l'appui de son opinion deux passages qui semblent conclure en sa faveur ; néanmoins, dans l'*Histoire de Gerard comte de Nevers,* il est dit que *il* (Gérard) *chanta devant Lysiart, la vielle au col;* et la miniature correspondant à ce chapitre dans le Ms. de la Bibliothèque Royale, fonds de La Vallière, n° 92, le représente portant

(v. 773.)

I aportent li jougléour,
Mainte baudoire[1] et maint tabour;
Harpes, gigues et cyfonies[2]
Sonnent, et canchons envoisies.
Dou mangier k'iroie contant?
Tantes pertris et tant faisans
I ot, maint cisne et maint poon,
Tant hairon[3] et tant bon poisson,

---

l'instrument que nous appelons maintenant vielle, pendu à son cou. Il est bon cependant de remarquer que ce Manuscrit a été exécuté après le milieu du quinzième siècle.

[1] *Baudoire*, ou mieux *Baudoise*, instrument à cordes, appelé *Baudosa* dans la basse latinité, et *Baldosa* en italien. (*Morgante Maggiore*, cant. 27, ott. 55.) Du Cange (*Gloss.*, à ce mot), et, d'après lui, Walther (𝔐𝔲𝔰𝔦𝔠𝔞𝔩𝔦𝔰𝔠𝔥𝔢𝔰 𝔏𝔢𝔵𝔦𝔠𝔬𝔫. Leipzig, Deer, 1732, in-8°), et les auteurs du Dictionnaire de Trévoux, art. *Baudose*, citent le *Stromateus tragicus de Gestis Caroli Magni*, par Aimeric de Peyrat, abbé de Moissac (Ms. de la Bibliothèque Royale, n° 5944), dans lequel on lit ces deux vers, f° 82, v°, col. 1.

> Quidam *Baudosam* concordabant
> Plurimas cordas cumulantes.

[2] M. de Roquefort, p. 130 de l'ouvrage cité plus haut, dit qu'il pourroit donner l'explication de plusieurs instruments qu'il nomme, entre autres de la *chifonie*. On doit regretter qu'il ne l'ait pas fait, car nous n'avons pas été plus heureux que Du Cange et Le Grand d'Aussy sur l'interprétation de ce mot, qui d'ailleurs présente dans nos vieux auteurs de nombreuses variantes orthographiques. Voy. les *Fabliaux ou Contes des XII° et XIII° siècles*. Paris, Renouard, 1829, in-8°, t. III, p. 380.

[3] On sert dans ce grand festin les oiseaux dont nos pères

Piument¹ i boit-on et claré²
Et vin de Toivre et de Ferré³.
N'est nus ki le peuist conter
Ki ne convenist mesconter.
Molt i ot demené grant feste;
Mais tost fu muée en moleste:

faisoient le plus de cas, le cygne, le paon, la perdrix, le faisan et le héron. Voy., ci-devant, la note 3 de la page 15, et l'*Histoire de la Vie privée des François*, édit. déjà citée, t. II, p. 19 et suiv.

¹ Vin dans lequel, outre le miel, il entroit des épiceries et des aromates d'Asie. (Le Grand d'Aussy, ouvrage déjà cité, t. III, p. 65.)

² Le *claré* ou *claret* étoit une liqueur composée de vin clairet et de miel. Le Grand d'Aussy (*ibid.*, t. III, p. 68) cite à cette occasion un passage de la *Somme Rurale* de Bouteiller qui le prouve : « Si aucun avoit fait claret de son vin et d'autre miel, sachez que celui qui a fait la chose en doit estre le sire. »

Le vin clairet étoit un vin gris ou rosé; mais la réunion de *piument* avec *claré* montre qu'il s'agit ici de la liqueur qu'on vient d'indiquer.

³ Quelques écrivains arabes racontent qu'aux noces de Mahomet et de Khadigia on servit deux chameaux, et que les esclaves de cette dernière dansèrent au bruit des timbales. Il est fait mention, à d'autres mariages de Mahomet, de liqueurs, de confitures, etc.; et rien n'empêche de croire qu'à celui-ci on y but du vin, puisque ce fut seulement quelques années après que le vin, dans une partie de plaisir, ayant donné lieu à une querelle violente, le Prophète le défendit absolument. Mais qui a fait connoître au poète les noms des deux vins qu'on servit en cette occasion?

(v. 787.)

Molt souvent voit-on avenir
Grant joie à dolour revertir.
    Mahons chaï de passion
Devant la congregation,
Molt oriblement se dejete;
Li oel li torblent en la teste,
De sa bouche ist escume fors [1].
La dame cuide k'il soit mors,
Molt forment pleure et sa maisnie;
En sa chambre s'en est fuie,
L'uis a clos à le serréure,

---

[1] Il s'agit ici d'un accès d'épilepsie que Mahomet, suivant Alexandre du Pont, éprouva immédiatement après son mariage. Or, chez les anciens Arabes, le mal caduc étoit regardé comme l'ouvrage du diable, et les mots *épilepsie* et *possession du démon* étoient synonymes. (Voy. les *Notices et Extraits des Manuscrits de la Bibliothèque du Roi*, t. X, p. 24.) On doit commencer par se demander si réellement le Prophète étoit sujet à cette horrible maladie. Plusieurs auteurs chrétiens l'ont dit positivement; mais les écrivains musulmans ont évité de s'expliquer. Au reste, il est certain que le Prophète, au moment de ses prétendues communications avec le ciel, éprouvoit un tremblement. Il est également certain qu'à l'âge de deux ou trois ans, Mahomet fut renvoyé par sa nourrice à sa mère, comme possédé par le diable. Comparez Aboulféda, *Annales Muslemici*, arabice et latine, ed. Adler. Hafniæ, F. W. Thiele, 1794, in-4°, t. I, p. 16, et divers témoignages d'écrivains arabes cités par Gagnier, *Vita Mohammedis*, p. 9. Voyez encore les *Monuments arabes*, etc., de M. Reinaud, t. I, p. 196. Mais aucun de ces témoignages ne paroît décisif.

De nul confortement n'a cure.
En Mahom avoit grant fianche :
Or a perdue s'esperanche ;
Son bliaut de pourpre descire, .
Ses crins desront et trait et tire,
Son vis à ses ongles depièche,
Pasmée s'est une grant pièche.
    Mahons revint de pasmisons,
Bielement parole as barons :
« Molt estes tristres devenu
Pour chou k'ensi m'est avenu :
Bien sai que grant duel en avés.
U ala ma dame savés ? »
Il respondent : « Ele est alée
En ses cambres toute effraée. »
.J. messaige i a envoié ;
Mais il trouva l'uis verroullié ;
La dame od soi pas n'amena.
Mahommès meïsmes i va,
Il dit : « Ma dame, od moi venés,
Et si grant duel ne demenés. »
Ele se taist, cil l'uis deboute :
« Dame, dist-il, n'oés-vous goute ? »
Tant a hurté, l'uis ouvert a
Qu'il se téust, molt li proia
K'elle se voelle conforter.
Mahons bielement la blandist.
La dame en reproche li dist,
Ele li blasme son servage,
Et cil loue son haut parage ;

(v. 818)

Il sueffre chou qu'ele velt dire,
Jà soit chou k'il en ait grant ire,
Pour chou qu'anchois se voelle taire
Ou pour plus à s'amour atraire;
Il dist: « N'i valt plorer ne braire,
Çou ki est fait n'est pas à faire. »
    La dame .j. petit s'apaia,
Mahom à laidengier laissa.
Quant Mahons le vit apaisie:
« Dame, dist-il, sage et prisie,
Se vo serghant volés oïr,
Cele chose, dont resjoïr
Vous deveriés, vous conterai,
Ne jà de mot n'en mentirai. »
La dame à Mahom respondi:
« Or donques chou que tu vels di,
Sans moi dechoivre par tes dis,
Aussi com tu as fait tous dis. »
Mahommès respont: « Se mentir
M'oés, bien me voel assentir
Que me faites la langhe traire. »
La dame li proumet affaire.
Mahons li dist isnielement:
« Or ains cuidastes vraiement
Que g'éusse grant maladie,
Dont vous fustes molt esmaïe;
Quant à la terre m'estendi,
Li angles sour moi descendi.
Molt est foible humainne nature:
Ne poi si haute créature

Souffrir, c'à terre ne cheïsse,
Non pas pour chou que mal sentisse,
Jà soit chou qu'ensi escumasse
Et laidement me demenasse;
Mais oiés que Dex m'a mandé
Et par son angele commandé.
Ensi con noncha l'aventure
Gabriel à la Virge pure
De Jhesu qui devoit venir,
Ensi les choses à venir
Me moustre par chelui meïsme[1],
Par sa pitié douche et saintisme.
   « Les premerains mist en anoi
Chou k'il trespassèrent la loi
Qui donnée ert selonc nature;
Mais Moyses en escripture
Rechut la loy de Nostre Sire,
As gens l'ala mostrer et dire,
Car Nostre Sires li tramist;
Le commandement Diu promist
La gens à tenir volentiers;
Mais tost laissa les drois sentiers.
A tous les mors par ces raisons
Estoit adonc justes massons;

---

[1] Mahomet disoit recevoir ses révélations par l'intermédiaire de Gabriel, et avoir obtenu de cet archange les plus grandes marques d'affection; aussi les Musulmans conservent-ils encore pour Gabriel quelque prédilection. Voyez les *Monuments arabes*, etc., de M. Reinaud, t. I, p. 134.

(v. 884.)

Mais Dex ne nous valt perdre mie
Ne ma dame sainte Marie
Ki le norri et l'alaita,
En bers le leva et coucha.
Cil dont li angele font tez festes
Jut en la crèche avoec les bestes,
De drapeles envolepés,
Et à grant povreté donnés.
Cil qui toute rikeche avoit,
Pour homme povres devenoit.
Toute rien d'omme a semenchié,
Ensi fors seulement péchié.
A ses amis vertus suir
Commanda et péchié fuir;
Il despit les orgillous tous,
Et si aimme les cremetous
Qui l'apielent en vérité;
Il prisa plus virginité
Que mariaige, nequedent
Onques ne fist commandement
Ensi comme de mariaige,
Pour acroistre l'umain linage,
D'un seul tout seulement aüne
En bonne loiauté commune;
Car cil qui autrement assamblent
De Nostre Signor se dessamblent.
    « Il dist : « Chascuns fache à autru
« Chou que il velt c'on fache à lui. »
Il osta circoncision;
Par aperte moustracion

(v. 912)

Nous descouvri mainte figure
Qui par devant estoit oscure:
Ensi fu la loys premerainne
Parfaite par la daerrainne.
Ensi con nostre sire Dex
Tès choses ensaingna as Griex [1]
Et as Phariséus parvers,
Il li jetoient de travers
Maint oscur dit pour lui reprendre;
Mais onques ne le porent prendre
K'il desist auchune folie.
Pour chou disent, par trecherie,
Contre lui maint fols tesmoignage;
Mais onques de la gent sauvage
Li baras riens ne pourfita
Que partout contre li dit a
Dusques à chou k'il le souffri
Et qu'en la crois pour nous souffri
Où il souffri mainte durté [2].
Les siens osta de l'oscurté
D'ynfier dont ert deshiretés.
Au tierch jor fu resçusités,

---

[1] On doit peut-être lire *Gier*, Juifs.

[2] Mahomet nioit la passion et la mort de Jésus-Christ. Il s'exprime ainsi dans l'Alcoran : « Les Juifs croient avoir mis à mort le Messie envoyé de Dieu; ce n'est pas lui qu'ils ont fait mourir, c'est quelqu'un qui lui ressembloit. » Si l'on veut avoir une idée exacte de la manière dont les Musulmans considèrent Notre-Seigneur, on pourra lire l'ouvrage de M. Reinaud déjà cité, t. I, p. 177 et suiv.

(v. 914.)

A ses desciples apriès vint;
Mais adonques ensi avint
Que sains Thumas mie n'i fu.
Quant si compaignon l'ont véu,
Plus tost k'il pueent li ont dit:
« Nous avons véu Jhesucrist. »
Il dist que jà ne le querroit [1]
Dusques atant k'il le verroit.
Pour chou revint à lui après
Jhesu, et de lui se traist près,
Et dist: « Or boute chi ton doit,
« On doit bien croire chou c'on voit. »
Sains Thumas commencha à dire:
« Vous estes mes Dex et mes sire. »
Jhesucris dist: « Tu m'as créu,
« Thumas, por chou que m'as véu,
« Et cil bon éuré seront
« Qui par vraie foit me creront [2]. »
Avoec ses desciples manja
Pour chou que la gens cranche [3] i a
Que il est Dex en char humainne.
La loy commanda cristiainne
A ses Apostles par la terre
Semer et les ames conquerre.
Après ès sains cius s'en ala,
Dont li sains Espirs avala

---

[1] Il nous semble qu'on doit lire ici, croiroit.
[2] Évangile selon S. Jean, ch. XX, vers 24 et suiv.
[3] Doute.

(v. 960.)

Quant ès Apostles descendi.
Infier luès cascuns entendi
Et lor raison et lor parole,
Tant par furent de sage escole.
A preechier molt entendirent,
Par toutes terres s'espandirent,
Maintes gens crestiienner firent.
N'estoient pas espoenté,
Ains avoient grant volenté
De souffrir u mort ou martyre
Pour avoir l'amour Nostre Sire;
Et cil ki li plus haut estoient
Plus des autres s'umelioient,
Et cil ki soloit estre à aise
Voloit por Diu estre à malaise;
En liu de porpre et d'escarlate
Se vestoit de sac et de nate;
N'estoient pas malicieus,
Saint erent et religieus
De la loy au commenchement.
Mais orendroit vait autrement,
Péchiés sa poesté esliève:
Li uns parens à l'autre griève,
Li frères germains à son frère,
Li fils la mort desirre au père
U de sa mère, pour avoir
Son héritage et son avoir:
A painnes est nus sans envie,
Sans orgueil et sans felonnie.
On aimme miels doloir le ventre

(v. 1810.)

Que li bons morsiaus dedens n'entre;
Les commans Diu vont despisant.
Que vous iroie-jou disant?
Tous li mondes est entechiés
De mal et de vilains péchiés,
Et Jhesucris ne morra mais
Pour rachater bons ne malvais;
Si ne nous velt pas tous périr
Qui la loy ne poons tenir,
Si grant fais nous alegera,
Batesme del tout ostera,
Uns hom .x. femmes avera
Ne jà point ne s'en meffera[1];
Par Gabriel le m'a mandé
Nostre Sires et commandé.
Les autres choses pourvera
Quant lius et tans en essera.
Ensi toutes les fois m'avient
Que sains Gabriaus en moi vient
Que si faitement me demainne;
Mais je ne sueffre nule painne,
Et luès qu'el ciel s'en vait arrière
Revaing del tout à ma manière,

---

[1] Mahomet se garda bien de dire que la religion qu'il
annonçoit étoit une modification relâchée du christianisme
et du judaïsme; au contraire, il répétoit dans toutes les oc-
casions que sa doctrine n'étoit autre que celle qui avoit été
prêchée par Abraham, Moïse et Jésus, et qui avoit été cor-
rompue par la perversité des hommes.

Et molt ai dedens moi grant feste
Quant je sai le secré céleste.
A vous seule l'ai fait savoir,
Si en devés grant joie avoir. »
     Quant Mahons a à s'espousée
Si faite merveille contée,
Bien le cuide avoir déchéue;
Mais ele .j. molt lait dit li rue,
Et li dist : « Bien escouté t'ai,
Fel plains de venin et derai¹ ;
Je cuidai que voir me déisses
Et que de mot ne me mentisses;
Car tu l'avoies créanté;
Or m'as dit si grant fauseté
Et menti contre ta promesse,
Perdre ta langhe menteresse
Par droit luès que tu me mentis
Par foi, car tu t'i assentis,
U estre jetés en .j. puis,
A grant painne tenir m'en puis. »
     Mahons respondi à s'espeuse
Por chou k'il le vit angousseuse :
« Bien connissiés le saint Hermite
Qui est hom de haute mérite,
Bonne séurté vous en doing,
Car jou l'en atrai à tesmoing;
Atant vous en devés tenir,

---

¹ Altération, nécessitée par la rime, de *desroi*, confusion, désordre.

(v. 1040.)

Il seit les choses à venir,
Bien en devés estre asséur.
Nus ne l'en feroit par péur
Ne par don ne par autre affaire
Mentir ne trecherie faire ;
Il a le cuer loial et vrai ;
Se les choses que dit vous ai
Pour voir, li oés denoier,
Faite m'ardoir, pendre u noier. »

« Jou irai demain, dist la dame ;
Mais foi que doi mon cors et m'ame,
S'il dist que tu ne dis pas voir,
Je te ferai pendre u ardoir. »
Mahons dist que bien li otroie ;
Mais ains mienuit prent sa voie,
En la haute montaigne monte,
A l'Ermite vient[1], se li conte
Tout son affaire sans mesconte
Et de sa dame et de sa honte ;
Il dist : « Vous savés bien assés,

---

[1] Nous avons dit que l'ermite qui prédit à Mahomet sa mission, demeuroit près de Bosra en Syrie, c'est-à-dire à plus de deux cents lieues de la Mecque ; ainsi le récit du poète est inadmissible. L'auteur a sans doute été trompé par l'existence d'une grotte située dans le voisinage de la Mecque, où Mahomet, quelque temps avant sa mission, avoit coutume de se retirer pour y méditer, disoit-il, sur les choses célestes, et où l'ange Gabriel lui apparut pour la première fois.

Nequedent trois ans a passés,
C'autre fois chaiens me véistes :
Bien sai c'adonques me déistes
Que la lois par moi périroit
Et sainte Fois à nient iroit
Et batesmes et mariaiges,
Virginités et pucelaiges,
Et mainte autre vertus prisie
Et mainte bonne prophésie.
Ains le sai que j'aie véu,
Se Dex ensi l'a pourvéu,
Dont commant-il que faites soient
Par moi et que les gens les voient.
Se la lois est ensi destruite
Ki par Jhesucrist est estruite,
Jamais ame ne sera cuite [1]
De péchié, ne n'i aura fuite
Que tuit en infier ne descendent,
Et que painne et torment ne sentent,
Et em paradys n'ira nus
Haus ne bas, jones ne quenus.
Nequedent, se croire me veus,
Bien porra estre mains greveus
Li maus et à maint de damage,
Quant tout li crestiien linage
Aurai fait à durte mort traire,
Fors toi que ne te laisse faire
Nul mal, qui es sains hom et simples,

---

[1] Quitte.

Ni à nés .j.[1] de tes desciples;
Ensi par les vertus devines
Porront de petites rachines
Naistre grans pules crestiains. »
Adonc li respondi li Sains :
« Jure que tu ne defferas
Le temple, et que tu ne feras
Nul mal n'à moi n'à mes amis.
Quant juré l'auras et promis,
Faire ta volenté otroi,
Se contraires n'est à la foi. »
    Mahons à l'Ermite respont,
Quant il ot pensé en parfont :
« Mainte chose samble contraire
A Jhesucrist que on puet faire
Molt bien, quant on i a pris garde :
Bons est li maus ki le pis garde. »
« Voirs est che, li dist li Hermites ;
Or donc vostre volenté dites ;
Mais que me voelliés loiaument
Tenir chou que m'avés couvent. »
Mahommès à tenir li jure,
Toute li conte s'aventure,
Comment sa dame a espousée
De noble gent emparentée,
Chascuns por son grant sens le prise.
« Nouvielement l'avoie prise,
Venus estoie à grant nobleche ;

---

[1] *A Nésun* : à aucun.

Mais tost fu muée en tristeche
La grant joie ke je vous ai dite;
Car de maladie soubite
Chaï devant les piés ma dame;
Il sambla vraiement que m'ame
Se déust départir dou cors.
Luès que fui de la dolour fors,
A ma dame dis que n'avoie
Nul mal, et que ensi m'envoie
Par son archangele Gabriel
Dex dou ciel son secré nouviel;
Ensi le cuidai faire acroire;
Pour chou qu'ele ne me velt croire
Li dis que les tiesmoigneriés
Et que mes tiesmoins esscriés :
Si que demain à vous venra,
Et si le vous demandera;
Pour chou sui au devant venus.
Fai tant que je soie créus;
Saches-tu bien, se tu le fais,
Toi et les tiens lairai em pais;
Et se ensi ne le véus faire,
Tous vous ferai à la mort traire,
Et les desciples et le maistre,
Que nus n'en puisse mais renaistre. »
Li Hermites respont et dist
(Pour sauver la loy Jhesucrist,
A Mahom a tout otroié,
Jà soit k'il li ait anoié),
K'il dira chou que dit li a.

Mahons pas ne se oublia,
Ains revint devant l'ajornée[1];
En son lit se couche à celée.
Luès que la dame fu levée,
Pour savoir la chose est alée
Au Renclus; mais pas ne savoit
Que Mahons esté i avoit.
Luès qu'ele li a conté
Pour coi ele a le mont monté,
Chou que Mahommès li ot dit
Li a li Hermites che dit.

Loenges m'en convenra faire
De lui, selonc mon examplaire[2];
Nequedent je croi vraiement
Que li examplaires me ment,
Pour chou q'aida à tesmoignier
A Mahommet, le losengier,
Que li Angeles à lui venoit
Quant li vilains maus le prennoit,
Et que loy nouviele feroit
Ki de par Diu faite seroit.
La dame s'en revint molt lie
De chou qu'ele est à compaignie,
Par mariaige, avoec tel homme
A cui Dex velt donner la somme
D'une autre loy renouveler

---

[1] Point du jour.
[2] Original. Le poète désigne ici le livre du moine Gautier, d'après lequel il fait son récit.

Et à son siècle reveler.
Ensi la dame le cuidoit,
Pour chou pardon li demandoit
Qu'encontre lui avoit esté
Et encontre sa volenté.
Comme son signor puis cele eure
De cuer l'aimme, crient et honeure,
Jà n'a talent que li meffache
Ne que sour lui dame se fache.
    Quant Mahons a aperchéu
K'il a sa dame dechéu,
Grant joie a en son cuer mené
De chou que si bien s'a pené
Qu'à tesmoing a éu l'Ermite.
Tel chose a à sa dame dite:
« Dame, or croi bien que vous savés,
Puis c'au Renclus esté avés,
Que de rien menti ne vous ai;
Mais une chose vous dirai
Que vous comme sage ferés :
Toutes les fois que vous verrés
Saint Gabriel en moi venir,
Que ne me porrai soustenir
Ne la vertu dou chief souffrir,
Que vous me faites liés couvrir
De précieuse vestéure;
Et si i metés molt grant cure
Dusqu'à tant que li Angeles dis
Soit remontés em paradys,
Pour chou que, se je suis véus

(v. 1202.)

Quant à terre serai chéus
D'auchun à cui ne soit séus
Li secrés Diu, toz esméus
Ne soit, ou trop espoentés. »
La dame dist : « Vos volentés
Et vos commandemens ferai,
Molt volentiers m'en penerai.
De mes hommes nus si hardis
Ne sera, en fais ni en dis
Jamais, qui chou fache ne die
U point aies de vilonnie.
De chou bien asséur te tien ;
Plus que mien n'est che que j'ai tien. »
　　Mahommès, par s'iniquité,
De molt plus grant auctorité
Se fait que estre ne soloit.
Rire ne bourder ne voloit ;
A painnes le connoist mais nus ;
Il pert que del ciel soit venus.
.J. celier fist faire soutil
Sous terre, ù nus n'aloit fors il [1] ;
La dame cuidoit k'il l'éust
Fait faire por chou k'il péust
Là prier Diu sans nule cuivre [2]
De gent, por plus loiaument vivre
Par le commandement devin.

_____

[1] L'auteur fait ici allusion à la grotte où Mahomet avoit
coutume de se retirer pour y méditer sur les choses célestes.
[2] Perversité.

.J. veel de pain et de vin

I nourissoit molt netement

Tout blanch, et par ensaignement

L'avoit si duit et affaitié

Que lués s'avoit agenoillié

Devant ses piés, si k'il samblast

Que li veeles l'aourast;

Ne jà partir ne s'en volsist

Dusques à chou k'il li fesist

Auchun signe de relever,

Jà tant ne li déust grever.

   Apriès petit de tans avint

Que li chevalerie vint

A Mahom, ki l'avoit mandée

A une grant feste criée.

Molt i fu grande l'assamblée

Des chevaliers de la contrée

Et des dames et des pucieles

D'escuiers et de damoisieles.

Baron, chevalier, chastelain

Furent paraus, et li vilain

De l'autre part lor liu avoient.

Les dames pareles estoient,

De la terre selone l'usage ¹,

Femme est de molt legier corage;

---

¹ Le poète décrit ici une cour plénière telle qu'elle auroit eu lieu de son temps chez les seigneurs féodaux d'Europe. Il paroît au reste que ce genre de divertissement n'a
pas toujours été étranger aux Orientaux. On trouve des des-
criptions analogues dans le roman arabe d'Antar. Voyez-

(v. 1253.)

Tost a dit parole volage
Quant pensé l'a, ou fole ou sage.
   Chascune loe son baron
Par devant la femme Mahon.
Pour chou prist à loer le sien :
« De vos barons dites grant bien,
Che dist; mais ou mien en a plus.
De la grasce Diu est emplus
Et dedens son cuer arousés,
Mahons, mes sires espousés.
Diex, par son angele, li reviele
Que il velt faire loi nouviele.
A painnes dire le vous ose;
Mais se c'estoit celée chose,
Je vous diroie tel merveille
C'ains ne fu oïe d'oreille. »
Toutes loianment li otroient,
Et qu'ele lor die li proient.
Adonc lor a tout aconté
Chou que Mahons li ot conté;
Chascune s'en esmervilla
Quant oïe la nouviele a.
Dient : « Bien estes éurée
Quant à lui estes mariée. »
Quatre jors ont demené tuit
Laiens grant feste et grant déduit;
Apriès sont de la cort parties

en un exemple dans le fragment qu'a publié M. Delécluze, *Revue française* du mois de juillet 1830.

Les gens et vont en lor parties.
En lor osteus n'ont pas téu
Chou ke par defors ont véu.
Dient : « Cil est sages et preus,
Et cil autres chevalereus. »
Et com elles s'entretupassent
Mahom lor signor pas n'abaissent ;
De bonté est plus renommés
Que nus hom qui i soit nommés ;
Nequedent pas oï n'avoient
Tout chou que lor femmes savoient,
Ki après à lor signor dirent
Chou que de Mahommet oïrent.
Le secré lor dames desploient
Que Mahommès, avant que soient,
Set les choses par l'Angele salut.
N'i a .j. seul qui ne s'en saut
Et que li sans ne li remue
Quant la parole a entendue.
Les dames dient k'il doit faire
Une loi nouviele et estraire
Par le commandement de Diu,
Chi après en tans et en liu ;
« Car trop est à savoir oscure
La lois que nous tenons, et dure ;
Si le nous velt Dex amender
Et par Mahommet commander. »
Trestuit s'esmerveillent et dient :
« Dex ! tels choses que senefient ? »
Ne le cuident pas si honeste

(v. 1310.)

Que cis biens soit dou Roi céleste,
Si q'il cuident faire péchié;
Car bien le voient entechié
De chou que au deseur se met
De toute rien dont s'entremet;
Et pour chou que certain en soient,
Arrière à la court se ravoient.

Toute la baronnie ensamble
Mahom apielent, che me samble.
Il vint, n'i a pas demouré.
Li baron l'ont tant honoré,
Et il lor fait molt biele chière;
Assis est en une chaière
U il resplendist mainte piere,
Ki molt est preciouse et chiere,
Dont li fus estoit de cyprès.
Li anchiien sont de lui près;
Après sont li jone baron
De chà et de là environ.
Il dist : « Bien soiés-vous venu;
Pour coi vous estes revenu
Ne sai, se vous ne le me dites. »
A l'un, qui ert de gens eslites
Et honerés de son linage,
Ainsnés et des autres plus sages,
Avoient baillié la parole
Et proié que por aus parole.

Chil simplement commenche à dire
« A vous, comme serghant, biaus sire,
Lige et souverain, venu sommes.

Plus loiaument amés vos hommes
Que ne font li enfant lor père,
Et que ne fait son fil la mère.
Séur sommes par vos défois[1].
Sachiés bien que toutes les fois
Qu'oommes bien dire de vous,
Plus lié en sommes que de nous;
Mais orendroites vous renomme
Renommée plus que nul homme.
Puis que vous de Diu si bien estes
Et de ses archangeles célestes,
Que li vrais Dex velt par vous faire
Les choses que il a à faire,
Haute chose célestiane,
Estes-vous Dex en char humainne ?
Donques vous doit-on honorer,
Faire moustiers et aourer
Et proier par pensée monde,
Qu'apaisiés voelliés estre au monde. »
       Mahons dit: « Pas ne me voloie
Vanter, por che propos avoie.
De taire m'ent toute ma vie;
Mais ore ne le ferai mie,
Car péchié cuideroie faire
Del voloir Diu repondre[2] et taire.

---

[1] *Défois*, terres dont l'usage étoit réservé au seigneur.
Ce mot est pris ici pour l'ensemble des terres qui relevoient
de Mahomet, du chef de sa femme.
[2] Cacher.

(v. 1365.)

Liu et jour vous voel assener,
Et Dex nous i voelle mener !
Où je vous puisse descouvrir
Le voloir Diu, et aouvrir
Comment le fait velt m'enroiier
De la loy ; si voel envoier
Letres par mainte estraigne terre
Pour faire toute la gent querre,
K'il soient au jour et au liu
Pour oïr la volenté Diu. »
Semons furent, tuit sont venu
Au jour, au liu, grant et menu.
S'a Mahons concile tenu :
.... [1]
Toute la gens li fait silenche ;
Il est de si grant eloquenche
Que merveille est se la gens toute
Ne le croit, ki l'ot et escoute.
Pour chou briément m'en passerai,
Que devant conté le vous ai ;
Que la loys Moïsy revaigne,

---

[1] Il manqueroit ici un vers pour rimer avec le précédent ; néanmoins il est à remarquer que cette irrégularité apparente ne se rencontre dans tout le poëme qu'aux passages où la rime règne pendant trois ou cinq vers ; et, comme partout le sens est complet, il en résulteroit que c'est une licence poétique semblable à celle dont usent encore les Anglois, qui font rimer ensemble trois vers, en les unissant par une accolade.

Et toute la gens se raingne [1];
Que la nouviele soit quassée
Et la vielle soit restorée,
Et charneus circoncisions;
Et que .x. femmes ait uns hons
Et .x. maris ait une femme
Sans nul péchié et sans nul blasme,
Dont jamais doie estre reprise [2].
Mainte chose lor a proumise
Qui apriès dite lor sera,
Luès que Dex le commandera.

    Quant il lor a chou aconté,
En une montaigne monté
S'en sont par son commandement;
Lors lor dist que premièrement
Fu en .j. mont la loys donnée,
Et de Moysi raportée
En .ij. tables de pierre escrite.
Voire parole lor a dite:
Ensi soutilment les dechoit;
Car devant par enghien avoit
El chief del mont .j. conduit fait
De miel et .j. autre de lait,
Et si couvers de vers wasons

---

[1] Renie.

[2] Mahomet permit à ses disciples d'avoir quatre épouses à la fois, sans compter les femmes esclaves qu'ils pourroient entretenir; mais ni lui ni sans doute aucun autre législateur n'a permis à une femme d'avoir plusieurs maris.

(v. 1409.)

Que le trouvast jamais hons.
Li toriaus estoit près de là
Repus, ki si blanche piel a,
Que Mahommès avoit de pain
Norri et de vin cler et sain.
La loi ki par devant est dite,
Que Mahommès avoit escrite,
A en ses cornes atachie.
Luès que près vint la compaignie,
Mahons commande c'on se taise.
Agenoilliés la terre baise,
En haut commenche à sermonner
De la loy que Dex adonner
Lor voloit, si com dit lor a.
Mais maint illuecques encor a
Des barons ki parler l'ooient,
Qui quan k'il lor dist pas ne croient.
Mahommès a dit à ses hommes :
« Dévotement Diu requerommes
Que, s'il li plaist, en ceste plache
Auchun signe certain nous fache,
U auchune seneflanche
Par coi soions en esperanche
De la loy k'il a à donner. »
A la terre, sans mot sonner,
Chascuns à genillons se ploie
Et Diu dévotement em proie.
    Quant Diu ont proié longhement,
Relevés est premièrement
Mahons; s'a pris des plus senés,

Avoec soi les a amenés
Où mis ot le lait et le miel.
Ses mains et ses iex liève au ciel,
Diu commencha à proier luès :
« Diex, dist-il, pères, ki tot pués,
Ki tout as fait par ta parole,
Beste, poisson, oisiel ki vole ;
Père glorieus ki ne mens,
Ki par tes sains commandemens
As crié les .iiij. élémens
De nient, et tout lor tenemens ;
Qui vo fil el monde envoiastes,
Par lequel tous nous rachatastes,
Par cui la loys nous fu donnée,
Qui bien le tient, s'ame a sauvée ;
Mais li mondes jà afoibloie,
Mains biens perist et se desvoie ;
Amenuisiés en soit li fais
Par signe qui soit ichi fais,
Ki ne soit mie acoustumés,
Dont li peules soit coustumés,
Et ki te sente deboinaire
En ceste loi ki est à faire. »
Quant eut sa proière fenie,
Dou haut mont en une partie
Par barat va et chà et là,
Le liu descuevre où le miel a
Repus et la liqeur del lait ;
S'asaie quel saveur ele ait,
Ensi con se rien n'en séust,

(v. 1569.)

Qu'aperchevoir ne s'en péust
Auchun. Tuit ont après lui but
Par ordre, si com chascuns dut,
Li grant signor premièrement
Et li autre darrainnement;
Mais nus ne s'est aperchéus
Que par barat soit dechéus.
Leur mains et leur vois eslevèrent;
Nostre Signor ensi loèrent [1].

Mahons par sa boisdie pleure,
Sa coupe bat et Diu aeure;
Il dist : « Bien devons Diu amer,
Et comme père reclamer,
Ki par tele douchour nos mainne,
Que loi nouviele nous ramainne;
Car par le miel est figurée
La loys ki nous sera donnée
Et par le lait, qui est nos pères,
Ki nous oste les loys amères. »
Apriès ne s'est mie téus, .
Em plourant tos les a méus;
Adonc sa gent araisonna :
« Or proions à Diu ki donna
Jadis la loy à Moysi,

En la montaigne Synaï,
Que par grant carité envoit
Escrite de son petit doit,
Et nous voelle certefiier
Quel loi il nous vaurra baillier. »
Et quant il parlé ensi a,
En haut Nostre Signour pria,
Et si durement s'escria
Que maintenant entendu l'a
Li toriaus et la vois oïe :
Trestout maintenant se deslie,
Car n'estoit pas molt fort loiiés ;
A Mahom vient, agenoilliés
S'est devant lui, et si l'aeure ;
N'i remaint nus ki n'i aqueure.
Entre ses .ij. cornes portoit
Les loys que Mahons fait avoit,
Et de ses propres mains escrites.
Soutius est li fel ypocrites,
Samblant fait k'il s'en esmerveille,
Pour plus acroistre la merveille ;
Ensi con se rien n'en séust,
N'onques mais véu ne l'éust,
As barons dist : « Avant venés,
L'escrit k'il aporte prennés
Que nous envoie Nostre Sire,
Et si le faites en haut lire. »
Cil l'ont fait, les loys ont trovéés
Que Mahons avoit controuvées   .
Par son barat et par ses fais :

(v. 1523.)

Que ne soit mais batesmes fais
A homme, ni espousemens,
Ne nus des autres sacremens ;
Faite soit circoncisions
Et de bestes oblations,
Et c'une femme ait .x. barons
Et que .x. femmes ait uns hons,
Et que les gens de toutes terres
K'il porront sousmetre par guerres
Fachent de lor loy devenir.
Chiaus qui ne le volront tenir,
Ne par forche ni autrement,
Fachent luès livrer à torment,
Si k'il soient mort et maté
Se d'avoir ne sont rachaté,
U en oscure prison mis
Et en lor servage sousmis,
Communement femme et enfant,
D'oir en oir, à tout lor vivant.
Et mainte autre que dit vous ai,
Et ne sai quans dont me tairai ;
Car molt me samble grans anois
Dire une chose tante fois ;
Mais nus ne vous porroit descrire
Del tout, ne raconter, ne dire
Les loenges que faites ont
De chou que si saint homme s'ont :
Molt le cuident estre saint homme
Plus que l'apostoile de Romme ;
Molt cuident en lui loiauté.

Dou toriel loent la biauté :
Sour lui n'a ordure ne trache ;
N'a pas esté norri en crache ;
Il a coulour comme noif blanche,
Si n'a mie maigre la hanche.
Simple le virent et privé,
Il le cuident, tout abrievé,
Luès estre dou chiel descendu.
Par .viij. jors se sont entendu
Li baron à grant feste faire ;
Puis vait cascuns à son repaire
Molt lié, quant le congié a pris.
Mahons, qui est de mal apris,
Tous seus son toriel reloia,
Si que nus hom véu ne l'a ;
Bien le norri toute sa vie,
Si c'onques ne manga d'ortie,
Ains li donna et vin et pain
Assés et au soir et au main.
Quant on li dist : « Qu'est li toriaus
Devenus, ki si estoit biaus ? »
Il dist : « Au ciel en est r'alés,
Dont à nous estoit avalés. »
Del tout croient à sa parole ;
Ensi avule-il la gent fole,
Que il cuident bien que la beste
Soit de paradys en la feste.
Et tous jors seroie manoir.
Mahommet cuident remanoir
Que tous li mondes en ament

(v. 1583.)

Et Dex taingne son firmament[1].

Quant li tans fu ensi passés,
En grant prospérité assés
Cuident bien estre et en grant aise:
Après grant déduit grant malaise
Voit-on molt souvent avenir.
A Mahommet voient tenir
Li Persant, par barat, lor terre[2]:
Mais ne le tenra pas sans guerre;
Car molt bien garni d'arméures
S'en vinrent, molt grans aléures,
Pour les gens Mahom assaillir.
Ces chevaus font corre et saillir,
L'air en font résonner et bruire;
La terre Mahom font destruire
Par feu grigois[3] et par espée.
Paour a la gens d'Idumée,
Nequedent armes appareillent.
Li baron entr'iaus se conseillent,
Et dient qu'à Mahom iront
Et que la chose li diront.
Luès que devant lui sont venu
Et la parole en ont tenu,
Lors dist Mahons: « La gens de Perse

---

[1] Il manque vraisemblablement quelque chose à ces vers;
à partir du 1580e, ils ne nous offrent pas de sens.

[2] La Perse ne fut soumise aux lois de l'Alcoran qu'après
la mort du Prophète.

[3] On ne mit le feu grégeois en usage qu'après Mahomet.

5

Est fors, orgilleuse et desperse ;
Ne vous porrés vers aus tenir,
Ne l'estour pesant soustenir,
Et auchun droit ont en la guerre :
Une partie de la terre
Lo c'on lor rendist par acorde [1]. »
Mais ne trueve ki s'i acorde
Mahons nus en la compaignie ;
Car miex aimment perdre la vie,
U occirre lor anemis,
Ke estre en lor servage mis,
Et dient : « S'ensi le faisons,
C'auchune chose lor offrons,
Malvais et couart nous verront
Apriès les autres requerront,
Ensi nos terres nous torront
U tous aservir nous volront.
Jà Dex ne le voelle avenir
Qu'ensi vif doiommes périr !
Miels nous i vient grans cols ferir
Et l'estour pesant soustenir
K'ensi estre déshonerés.
Viegnent par nos fers amourés [2],
Par nos espées, par nos hanstes,
Par nos espiés, par nos lanches,

---

[1] Le poète fait ici parler Mahomet tout autrement que
ne le rapportent les monuments historiques. Bien loin de
reculer devant ses ennemis, le Prophète les prévenoit.

[2] Aiguisés.

(v. 1634.)

Que tuit s'em puissent mervillier.
Bien nous devons apparillier
De femmes et d'enfans rescorre,
Et nos anemis seure corre. »
Li baron ont loé le dit,
N'i a nul ki l'ait contredit;
Ensamble ont Mahommet priié
K'il lor aït, ke raliié
Soient par lui en la bataille;
Car il cuident que molt lor vaille.
  Mahommès lor a respondu
« Vielleche m'a si confondu
Que molt ai perdu de ma forche,
Pour chou est drois ke m'en deporche;
Et li voloirs Diu est contraire,
Pour chou ne le puis mie faire.
Par aventure vous nuiroie
Plus ke je ne vous aideroie. »
Quant ot che dit, et puis se teurent,
A painnes respondre li seurent;
Nequedent à Mahom ont dit :
« Vous nous avés fait escondit
Et dit que grans est vos éages.
De jones en i a de sages,
Mais petis est lor vasselages;
Porquant vous savés les usages
K'il couvient à chevalerie :
Soiés en nostre compaignie
Pour vos chevaliers honerer :
Sires doit sa gent conforter.

Encor estes fors et hardis
En fais, et plus sages en dis;
De biel éage estes encore,
Grans renommée de vous vole;
Vous vous devrois par toute terre
Deffendre, se l'on vous fait guerre,
Sans paou. .....d'armes le pris
Nous avés tout l'usage apris.
Plus valent mil bon chevalier
Que de malvais .iiij. millier.
Se Diu avons contrariant
Nous nous irons humeliant,
Et Dex est de si grans pitiés
K'il nous pardonra nos péchiés;
Au péchéor fait bonne chière
Quant à lui velt venir arrière.
Ensi pardonna à saint Piere:
Plus espouronne q'il ne fière.
Sainte Marie Magdelainne
Fu ensi de ses péchiés sainne;
Au Dyable fu retolus
Par repentir Theophylus [1].

---

[1] Théophile, vidame (*vicedominus*) de l'église d'Adana en *Cilicie*, et non sénéchal de l'évêque de *Sicile*, comme le dit Le Grand d'Aussy. L'histoire de Théophile, écrite d'abord en grec par Eutychianus son disciple, qui dit avoir été témoin oculaire d'une partie des faits qu'il rapporte et avoir appris les autres de la bouche de son maître, est restée manuscrite; mais elle a été traduite en prose latine par Paul Diacre de Naples (qu'il ne faut pas confondre avec l'auteur

(v. 1684.)

Tuit cist que j'ai dit péchié firent ;
Mais de bon cuer se repentirent,
Et Dex por chou lor pardonna
Et sa grasce avoec lor donna.
On doit avoir en lui fianche ;
Por nos maus ferons penitanche,
Si ferons si con vous dirés ;
Ne valt riens hom désesperés.
A la geut fu de Ninivée
Ensi lor coupe pardonnée,
Par forche de contriction

---

du même nom, né à Cividale en Frioul, et appelé quelquefois Paul Warnefrid), et mise en vers hexamètres par un
écrivain qu'on croit être Marbode, évêque de Rennes. Voy.
les *Acta Sanctorum* des Bollandistes. Feb. IV, t. I, p. 480.
Cette histoire, rimée dans le XIII⁰ siècle par Gautier de
Coinsi, se trouve dans le Ms. de l'Arsenal B-L-F., n° 325,
fol. 106, r°, et dans ceux de la Bibliothèque Royale,
fonds de Saint-Germain, n° 1672, fol. 117, r°, et fonds de
La Vallière, n° 85, fol. 13, r°, col. 2. Ce même sujet, mis
en miracle par Rutebeuf, se lit dans le Ms. de la Bibliothèque Royale, n° 7218, fol. 298, v°, col. 1, et non, quoi qu'en
dise M. de Roquefort (*État de la Poésie françoise*, p. 262,
note 4), dans le Ms. n° 6937, qui ne contient que le 4⁰ volume du *Miroir historial* de Vincent de Beauvais, traduit
par Jean de Vignay. Cette pièce a été analysée par Le
Grand d'Aussy, dans ses *Fabliaux ou Contes du XII⁰ et du
XIII⁰ siècle*, édit. de 1779, in-8°, t. I, p. 333 à 338.
La *repentance* et la *prière Theophilus*, fragments de ce
miracle, se trouvent détachées dans le Ms. de la Bibliothèque Royale, n° 7633, fol. 83, r°, col. 2, et 84, r°, col. 1 ;

Et de sainte confession[1].
Se Dex aimme miex sacrefisce
De tor, de bouc ou de genice,
Faison-le par dévotion
Pour avoir miseration.
Puis que tel chose volons faire,
Comment nous poriiés retraire
Que vous aidier ne nous doiiés.
Se vous volés, au mains soiiés
Par sens avoecques nos maisnies.
En garde vous soient baillies
Les choses, li enfant, les femmes,
Les damoisieles et les dames;
Avoec iaus en tel liu soiés
Que bien la bataille voiiés,
Et que nous puissiés consillier.
Bien nous vaurions travillier,
Et la bataille maintenir:
Se il nous i couvient ferir[2],
Bien otroions que la gens die

---

c'est ce qui a fait croire à M. de Roqu ^ rt (*Gloss.*, t. II,
p. 770, col. 2, n°⁰ 55 et 56) que ces deux pièces étoient
totalement étrangères au miracle. Nous ajouterons que le
Ms. de la Bibliothèque Royale, *Suppl. franç.*, n° 428, fol.
78, r°, col. 1, renferme une *prière de Theophilus,* sans nom
d'auteur, et qui ne ressemble en rien à celle dont nous avons
parlé plus haut.

[1] Voyez la pénitence des Ninivites, dans la *Bible,* au
livre du prophète Jonas.

[2] Il est évident qu'il faut lire *périr*.

(v. 1715)

Que ç'ait esté pr y no folie;
Et se les poons sourmonter,
Vo pris en ferons amonter,
Se Dex l'ounour nous en envoie. »
Mahons em plorant lor otroie,
Et dist que presens i sera
Et bien les choses gardera.

    A .j. jour ont pris la bataille.
Bien et richement s'apparaille
D'armes l'une et l'autre partie;
Mais li chevalier de Persie
Ont jà mainte proie ravie.
Cil ki ne sont mort u tenu
S'en sont as fors chevaus venu,
Et li Persant se sont logié
En .j. fort liu c'ont espiié.
Maint tré, mainte tente drechièrent,
Et mainte ensaigne desploièrent
Tainte de diverse nature,
Bieste i a de mainte figure [1].

_____

[1] Les Perses avoient pour principal étendard le tablier
de cuir d'un forgeron, qui jadis, sous le tyran Zohak, servit de drapeau aux peuples, lorsqu'ils prirent les armes
pour rétablir le roi légitime. Voy. la *Bibliothèque Orientale*
de d'Herbelot, édit. de Paris, 1696, aux mots *dirfersch* et
feridoun. Mais, de plus, les chefs portoient pour enseignes
des figures d'animaux, tels que l'éléphant, le dragon, le
lion, le loup et le sanglier. Voy. le poëme du *Schah-nameh*,
et particulièrement l'épisode de Sohrab, qui a été publié
sous le titre de *Soohrab*, par M. James Atkinson. Calcutta,

(v. 1735)

De l'autre partie diron :
De lonc, de lé et d'environ
Sont assamblé homme Mahon,
Et de sa terre li baron
Communement à ost banie [1],
Armé à bataille rengie ;
Es loges avoient laissies
Lor femmes avoec lor maisnies ;
Adonc menoient en la terre
Toutes lor maisnies en guerre [2].

1814, 1 vol. grand in-8°. Quant aux Musulmans, on sait
que Mahomet, à l'exemple de Moïse, a proscrit toute figure
d'être animé ; néanmoins, à diverses époques, les guerriers,
principalement ceux qui étoient d'origine turque ou tartare,
n'ont pas fait scrupule d'imiter les anciens Perses. On peut
citer les deux dynasties du *mouton noir* et du *mouton blanc*,
ainsi appelées de la couleur d'un de ces animaux que chacune d'elles avoit fait représenter sur ses étendards. Les
Musulmans de Syrie avoient même pendant les croisades,
c'est-à-dire au temps où notre poète écrivoit, adopté l'usage
des armoiries. Voy. à ce sujet l'*Explication de cinq médail-
les des anciens rois musulmans du Bengale*, par M. Reinaud. Paris, Dondey-Dupré, 1823, p. 45 et suiv., ainsi
que les *Extraits des historiens arabes relatifs aux croisades*,
par le même auteur. Paris, Imprimerie Royale, 1829, un
vol. in-8°, p. 506. Ce dernier ouvrage fait partie de la *Bibliothèque des croisades*, de M. Michaud.

[1]. Convoquée.

[2]. La plupart des Arabes, à cause de leur vie nomade,
n'ayant pas d'établissement fixe, ont coutume d'emmener
dans leurs voyages leurs femmes, leurs enfants et tous leurs

(v. 1745.)

Avoec iaus fait l'arrière-garde
Mahommès, ki lor avoit garde
Or et saphyrs et crisolistes
Et les autres pierres eslites
Avoec iaus lor avoir portoient
Quant en guerre morteil aloient.
Li solaus lièvé, et si doist estre
Le jour la bataille campestré.
Devant s'estoient esvillié
Li Persant et apparillié;
Lor eschieles ordené ont,
Et sour les chevaus monté sunt.
Les gens à pié devant alèrent,
Ki plus legièrement s'armèrent.
Quant à liu nommé sont venu,
Cor et graille i sonnent menu,
Trompes et buisines i sonnent.
A l'assambler grans cols se donnent;
Homme et cheval tel noise font
Con se li mondes en parfont
Dusques en abisme chaïst.

biens. A la guerre, les femmes les suivent, et, lorsque le combat va commencer, elles parcourent quelquefois les rangs, excitant les guerriers par leurs cris et frappant de petits tambours.

¹ Voyez, pour la description de la chrysolite et le détail des vertus qu'on lui attribuoit, la page 118 du *Lapidaire*, inséré à la suite du *Marbodi liber lapidum*, ed. Joh. Beckman. Gottingue, Dieterich, 1799, in-8°.

Si fort li uns l'autre envaïst
De dars, de lanches et d'espées,
D'espiex, de machues clouées;
Sajetes traient, pieres ruent;
Li Persant la gent Mahon tuent
De bastons agus et de maches,
Et de gisarmes et de haches.
La gent Mahom maint cop lor rendent:
Mort pour mort s'achatent et vendent.
Maint escu, mainte targe fendent;
Au miels k'il pucent se deffendent;
Mais molt en tuent li Persant:
Des chevaus les vont enversant
L'un sour l'autre, geule baée.
Li sans en court aval la prée;
Del sanc des mors sont taint li fier.
Grant gaaing a fait Lucifier;
Car cil trébuchent en infier
Qui à la loy Mahom se tiennent
Et ki la loy Diu ne maintiennent.
   Mahommès arrière repaire,
Ki tant barat set dire et faire;
Entrés est en .j. moustier gaste,
De repondre l'avoir se haste,
Que, quant lius et tans en sera,
Tout entirement rendera
A chascun oir la soie part.
L'uis a clos, dou mostier se part,
As enfans, as viellars, as dames
Ki ne pooient porter armes,

(v. 1796.)

S'en est alés tout maintenant;
.J. grant sermon lor vait tenant,
Et si les prist à comforter :
« Vous ne poés armes porter,
En ma garde estes por chou mis.
Envaï ont lor anemis
Mi homme, encontre ma deffense :
N'est pas bon faire quanqu'on pense.
Jà deffendu ne lor éusse
Se de par Diu ne le séusse
Que c'est contre sa volenté.
Bien sai tuit seront afolé;
Mais vous ki n'i avés meffait,
Ni en parole ni en fait,
Le pardon de Diu averés
Et vos enfans marierés.
Nostre Sires velt entresait
Que uns seus hom .x. femmes ait,
Et .x. maris ait une femme ;
Car cil rekéut ki plus semme.
Et sachiés que jà Nostre Sire
Ne le tenra pour avoutire;
Car con miels est la terre arée
Plus i vient de fruit et de blée,
Tout ensi se marieront
Et pluisour enfant naisteront.
Se li uns est frois de nature,
Ki molt nuist à engenréure,
Uns autres de caude sera :
Ensi la femme fruit fera,

Jà nule n'i sera brehaigne,
Endementiers k'il les ensaigne,
Estes-vous venu .j. message
Qui dist à dolour et à rage
Ont li Persant à la mort mise
Trestoute lor gent et occise;
Fors lui, por le message dire;
Li plours renouviele et li ire;
Lor puins tordent dedens lor tentes
Les dames ki mòlt sont dolentes;
Li vif lour mors amis regretent,
En larmes de dolour remetent.
    Mahons dist : « Laissiés le plourer,
Miels vaut Diu prier et ourer
Qui nous a sauvé et gardé
Et qui ensi l'a esgardé
Que il nous voelle gouvrener
Et nostre avoir rendre et donner. »
Vers le gaste mostier les mainne,
De l'entrée querre se painne;
Avant, arrière encore ala,
Et puis de chà et puis de là,
Aussi con s'il riens n'en sénst,
N'onques mais esté n'i éust.
Au daerrains trueve l'entrée;
La vertu Diu'a aourée,
Ensi con par lui trouvé dit
L'avoir; après entrent à fait,
Bien connissoit cascuns s'ensaigne;
L'avoir scelé leur enshigne

(v. 1856.)

Dont li gourle[1] estoient saignié.
Dou querre s'a tant travillié
Qu'à chascun a le sien baillié
Et certainnement ensaignié.
A merveilles s'en sont saigné
Dou sens ki est en Mahommet :
Chascuns à sa loi se sousmet ;
Car as Persans s'est apaié
Si que tout em pais l'ont laissié[2].
Grant et petit communement
R'ont leur avoir entirement ;
Les femmes se sont mariées
Selonc les loys qu'il a données.
Ensi la loys mouteplia,
Chascuns l'ounera et prisa ;
Ou païs fu si renommés
Qu'apielés fu Dex et nommés.
Puis en sa vie n'orent guerre :
Foible chose est vaissiaus de terre.
 De Mahommet requiert la mors
Chou k'il li doit, et si l'a mors,
Pour chou qu'à péchié s'est amors,

---

[1] Ce mot, qu'on a déjà pu remarquer ci-devant dans les vers 232 et 253, n'est pas cité dans le Glossaire de M. de Roquefort ; mais on y trouve le mot *goule* avec le sens de *bourse, gibecière, valise.* Il paroît venir du mot persan *goulé* (غوله), qui a la même signification.

[2] Le récit de cette guerre de Mahomet contre les Persans est entièrement romanesque.

Que en infier trébucha mors.
Molt seroient bien éurées
Les ames, s'un jor ostelées
Em paradys avoec Diu fussent,
Ains que lor cors laissié éussent
Et souffert par une semainne
D'ynfier la mains greveuse painne,
Dou tout en tout fuiroient visce,
Péchié d'orgueil et d'avarisce,
De luxure et de gloutrenie
Et de mortel ire et d'envie.
Diu sour toute rien amereient
Et son commandement feroient;
Ne Mahommès n'éust pas faite
Sa loi nouviele, ni atraite;
Dont par grant orgueil se pena.
S'ame en infier grant painne a :
Nequedent la gent forsenée
Cuident que el ciel soit montée;
La caroingne ont molt honerée
Et de trenchier[1] bausme embasmée,
Que porrir ne puist ne remetre.
En la terre ne l'osent metre,
.J. liusiel[2] de fier forgier font,
Le cors Mahom couchier i font;
Une maisonnete voltée

---

[1] Lisez *très chier.*
[2] Petit lieu, boîte. Néanmoins il vaudroit peut-être mieux lire *linsiel,* linceul.

(v. 1904.)

Font d'aymant si compassée
K'en mi liu ont le cors laissié,
Ni à rien ne l'ont atachié,
En l'air sans nul loien se tient;
Mais li aymans le soustient,
Par sa nature seulement,
De toute partie ingaument; ·
Nequedent n'i atouche mie
Sa gens, n'a talent ki l'otrie;
Ains dist que Mahons par miracle
Se soustient en son abitacle ¹.

Tous jors i durent en ardant
Doi cerge de vertu molt grant,
Dont li candelabre sont d'or.
Il valent .j. molt grant trésor,
Car il ne pu
ent estre estaint;
Ne mie pour chou que Dex l'aint,
Ains lor fu la vertus donnée
En la glorieuse jornée
Que Dex en Bethléem fu nés.
De teus trois fu enluminés
Ki molt sont vertuous et noble.
Li tiers en Constantinoble, ·

---

¹ Le poète se conforme à une opinion vulgairement répandue en Europe. Mahomet fut enterré dans la chambre où il étoit mort, et ce fut plus tard qu'on eut l'idée d'élever au dessus une mosquée qui attire encore la vénération des Croyants. L'histoire de la caisse de fer, soutenue en l'air par une pièce d'aimant, est donc sans fondement.

A la tombe sainte Souphye
Ki fu virgene[1] de bonne vie[2]
Ne sai pas par quele aventure
Li doi sont à la sepouture
De Mahommet le renoiié;
Mais molt i sout mal emploié
    Avoec i ont mis li Escler[3]

---

[1] Ce mot, comme *Angelés*, n'est que de deux syllabes.

[2] Il faut encore ranger parmi les fables la description de ces trois cierges. Quant à la vierge *sainte Sophie*, qui auroit eu son tombeau à Constantinople, on sait qu'elle n'a jamais existé, et que la principale église de la capitale de l'empire d'Orient, qui portoit ce nom, ne l'avoit reçu que parce qu'elle avoit été dédiée par Constantin-le-Grand, son premier fondateur, à la sagesse sacrée (τῇ ἁγίᾳ Σοφίᾳ). Voy. Du Cange, *In Paulum Silentiarium uberior Commentarius*, à la suite de Ἰωάννου Κινναμου ιστοριων λογοι ἑξ. Parisiis, è Typ. Reg., 1670, in-fol. p. 535.

[3] D. Carpentier et M. de Roquefort (*Gloss.*, t. I, p. 502) traduisent le mot *Escler* par *Esclavons*; mais la citation que ce dernier fait t le passage de notre poëme se rapportent nécessairement à un peuple musulman. Il s'agit probablement ici des Turcs qui étoient alors maîtres de l'Égypte, et dont le nom d'*Esclaves*, équivalent du mot arabe *Mamelouk*, a pu être changé en *Escler*. Ce qu'il y a de certain, c'est que les sultans Mamelouks, en leur qualité d'héritiers de la puissance des anciens kalifes, s'étoient arrogé le droit de veiller à l'entretien et à l'embellissement des mosquées de la Mecque et de Médine, et que c'est d'eux que ce droit a passé aux sultans de Constantinople. Voy. le *Tableau général de l'Empire othoman*, par Mouradgea d'Ohsson, édit. in-8°, t. III, p. 224 et suiv.

(v. 1934.)

Une lampe de cristal cler;
Devant la tombe Mahon pent;
Il n'a riens dedens, et si rent
Tel clarté k'il sanle qu'ele art;
Elle i fu assise par art.
Chil qui l'uevre sùtilia
Auchune piere mise i a,
Prope[1] u escarboucle fine[2],
Qui la lampe en enlumine,
Non pas pour chou que dedens soit;
Mais ele est mise en tel endroit
Que la clartés reluist dedens;
Mais la gens Mahon fors dou sens
Qui de la loy Diu se desroie
Dist que Mahommès li envoie
Par sa vertu la resplendour
Ki dure par nuit et par jour[3].

---

[1] Pyrope, nom qu'on a anciennement donné au rubis, à cause de son éclat.

[2] Pierre fabuleuse sur laquelle on peut consulter la page 118 du *Lapidaire* déjà cité; Panthot, *Traité des dragons et des escarboucles*. Lyon, Amaulry, 1691, petit in-12; et Boëthius de Boot, *Gemmarum et lapidum historia*. Lugd. Batav. Maire, 1636, p. 140.

[3] La croyance à une pierre qui éclairoit pendant la nuit, et qui paroît être le rubis oriental, étoit commune aux anciens, et se trouve encore répandue en Orient. Les Persans appellent cette prétendue pierre *Flambeau de la nuit* (شب چراغ). Voy. les *Voyages* de Chardin. Paris, 1811,

6

Ensi ont Mahom honoré
Les foles gens et aouré;
Ensi le fait et le fera
Tant comme Diex le soufferra.
De Meke gist en la cité :
Cest non a par s'iniquité,
Car cil nons Meke velt tant dire
Con cele ki fait avoutire [1];
Car avoutire controuva
Mahons en la loy k'il trouva,
Ensi con il le demoustra.
Avoec les autres avoutra
Encore orendroites i dure
Li vilains péchiés de luxure.
    On sielt as choses donner non
Jadis, par auchune raison
De bien ou de mal avenir,
Si k'il em péust souvenir
Ou por chou c'on avoit véu
Devant et vraiement séu.
Egypte est ténébreuse dite
Par son fait et par sa mérite [2],

---

t. III, p. 364, et la *Bibliothèque Orientale* de d'Herbelot,
p. 768.

[1] Il y a ici un jeu de mots sur le nom de la Mecque et le
substantif latin *mœcha,* qui signifie femme de mauvaise vie.

[2] D'après nos livres saints, l'Égypte fut peuplée originairement par Mesraïm, fils de Cham, fils de Noé; de là,
l'Égypte est quelquefois appelée, dans la Bible, *terre de*

(v. 1973.)

> Et la cités de Babyloine,
> Par auchune raison et boine,
> Est par son fait mal renommée;
> Babylone en est apielée,
> Babylon [1], c'est confusions:

Cham. Les Égyptiens eux-mêmes nommoient leur pays
chémé (X̵ B U H); or le mot *cham*, en hébreu (חָם), signifie
chaud, et par extension *noir*. Ce dernier sens est également
celui du mot égyptien *chémé*; et il est remarquable que le
mot Αἴγυπτος, par lequel les Grecs désignoient l'Égypte, pris
adjectivement, ait aussi le sens de *sombre*. Les commentateurs
de la Bible et les saints Pères ont rappelé à cette occasion
les grossières superstitions auxquelles le peuple égyptien
fut jadis livré, et ont dit qu'aucune dénomination ne con-
venoit mieux à la patrie des Pharaons que celle de *ténébreuse*. Les mêmes auteurs, faisant allusion aux sept plaies
que Moïse suscita à l'Égypte, ont dit que le nom de l'Égypte
signifioit également *tribulation*. Tel est réellement le sens
de la racine hébraïque *sour* (צוּר), à laquelle on a voulu
rattacher le nom de *Mesraïm* (מִצְרַיִם), qui quelquefois désigne, dans la Bible, l'Égypte, et celui de *mesr* (مصر) qui,
chez les Arabes, a toujours eu le même sens.

Pour ce qui concerne les interprétations des saints Pères,
voyez les *OEuvres de saint Jérôme*, édit. de Paris, 1699,
in-f°., t. II, p. 185; les *OEuvres de saint Augustin*, édit.
d'Anvers, 1700, in-f°., t. IV, part. 1, col. 622, et celles
du vénérable Bède, édit. de Bâle, 1563, in-f°., t. III, col.
552. Quant au mot égyptien *chémé*, voyez *l'Égypte sous
les Pharaons*, par M. Champollion le jeune, Paris, de
Bure, 1814, in-8°, t. I, p. 101 et suiv.

[1] Telle est en effet l'étymologie ordinaire du nom de
Babylone, à cause de la confusion des langues dont il est

(v. 1978.)

Pour chou li fu donnés li nons
Que on i fist la tour jadis
Pour monter haut em paradys,
Par grant orgueil et par grant rage;
Mais Dex lor mua lor langage
Em plus de .lx. manières:
Quant li uns demandoit des pieres,
Li autres mortier li aporte:
Ensi la gens se descomforte,
Si fu chascuns tous esbahis;
Apriès en mains divers païs
Semé divers langages ont:
Pour chou tant de langage sont.
Or vous en ai dit la raison.
Chi faut li Romans de Mahon
Qui fu fais el mont de Loon
En l'an de l'Incarnation
De nostre signor Jhesucrist
Mil et .cc. cinkante et wit.

EXPLICIT.

_____

parlé dans la Genèse, chap. XI, et qui eut lieu auprès de
cette ville.

LIVRE

DE LA LOI

AU SARRAZIN.

AVERTISSEMENT.

LE livre de la loi au Sarrazin n'est que la quatrième partie d'un Traité plus considérable intitulé *Livre du Gentil et des Trois Sages*. Ce traité est une espèce de conférence religieuse dans laquelle un Juif, un Chrétien et un Musulman exposent successivement leurs croyances respectives en présence d'un *Gentil*, qui ne professoit aucune religion. A la fin, le Gentil compare les doctrines qui viennent d'être développées devant lui, et se décide en faveur du christianisme.

Le livre *du Gentil et des Trois Sages* fait partie d'un volume manuscrit de la bibliothèque du duc de La Vallière, dont on peut voir la description dans le catalogue imprimé de cette célèbre collection, t. 1, p. 234, n° 672. Ce volume se trouve maintenant à la Bibliothèque Royale, et porte le n° 48.

L'auteur suppose « J. Paien mout sage en philosophye, qui n'avoit nule connoissance de Dieu, ne n'estoit point[1] en resurrection et ne cuidoit est renule chose après sa mort. » Le Païen « pensa en la vielleice et en la mort. Tandis qu'il pensoit en ceste manière, les lermes li vindrent aus euz, et soupira de cuer parfont mout durement, et chey en dolcur et en tris-

---

[1] Suppléez *créanz*, croyant.

teice. Se li vint en corage que il s'en alast en terre
estrange por veoir se il porroit trover par aucune
avanture confort ne remède de sa doleur ; et tant que
il ot volenté d'aler en une grant forest où nus hons
vivenz n'abitoit. »

Le hasard fit que dans cette forêt venoient d'arriver
de trois côtés différens : « Trois sages, dont li uns estoit Juis, li autres Cresticins et li tiers Sarrazins.
Quant li uns vit l'autre, adonc s'asemblèrent cor-
toisement, et s'entr'acompangnièrent ; si enquist li
uns l'autre de son estre et de sa créance, et quele estoit sa volenté. Touz trois s'acordèrent que il se alas-
sent deporter por eux reposer ; por ce que il estoient
grevé et annuiei de l'estude. »

Il y avoit dans la forêt « .J. biau pré et en celi pré
une mout beile fonteinne qui arrousoit et environ-
noit .v. arbres qui y sont. » C'est là que le Gentil trouva
les trois sages. L'auteur représente le Gentil comme
« ayant grant barbe et granz cheveux ; et venoit en
guise d'ome lay ; et fu meigres et descolorez, por le
travail de ses griés pensées, et por le lonc voiage que
il avoit feit. »

Quand le Gentil fut un peu remis du trouble qui
l'agitoit, il entra en conversation avec les trois sages ;
l'entretien ne tarda pas à tomber sur Dieu et sur les
futures destinées de l'homme. Comme chacun des
trois sages avoit sur la plupart de ces questions une
manière différente de voir, il fut convenu qu'ils parle-
roient l'un après l'autre. A la fin, les ténèbres qui

obscurcissoient la raison du Gentil s'éclaircirent;
quant au Juif et au Musulman, l'auteur ne dit pas s'ils
rendirent aussi hommage à la vérité.

L'auteur, en mettant en scène ses interlocuteurs, a
soin de ne leur prêter que des sentimens et un langage conformes à leurs croyances respectives. Par
exemple, le Sarrazin, dans tout ce qu'il dit sur sa religion, se montre, ainsi qu'on le verra, fidèle aux
traditions de l'islamisme. A cet égard, on ne feroit
pas voir dans notre siècle, d'ailleurs si éclairé, plus
de modération et de bonne foi; mais l'auteur a payé
son tribut au temps où il écrivoit, par la manière bi-
zarre de raisonner qu'il a suivie. D'après lui, les cinq
arbres qui environnoient la fontaine située dans la
forêt, représentoient, par la direction de leurs rameaux et les fleurs qui les couronnoient, les sept vertus divines, savoir : *sagesce, amour, perfeccion, pooir,
éternité, grandesce* et *bonté;* ainsi que les trois vertus
théologales *foy, espérance* et *charité,* et les quatre vertus cardinales *justice, prudence, fortereice* et *atem-
prance;* ces arbres représentoient de plus les sept pé-
chés capitaux, *gueule, luxure, avarice, accide* [1], *orgueil,
envie* et *yre.* Cinq miniatures placées en tête du traité
offrent les cinq arbres avec leurs rameaux et leurs
fleurs. C'est à l'aide des diverses combinaisons des rameaux et des fleurs que, dans le cours de la discussion,

---

[1] *Paresse.* Voyez le *Supplément au Glossaire* de M. de
Roquefort, à ce mot, et Du Cange au mot *acedia.*

les trois sages cherchent à démontrer l'existence de
Dieu et toutes les vérités du dogme et de la morale.
Pour donner plus de poids à leurs raisonnements,
l'auteur, dans les commencements, fait apparoître auprès de la fontaine « une dame mout belle et mout
noblement vestue et apareilliée ; eile avoit nom *Intelligence,* et chevauchoit .j. jolif palefroy qui buvoit de la
fonteinne. Les sages, qui virent les .v. arbres, qui mout
estoient pleisanz à veoir, proieirent la dame que eile
leur deist la nature et les proprietez des .v. arbres
qui einssi nessoient de la terre, et de l'escripture qui
estoit escrite dedenz les fleurs desdiz arbres. »

Comme les raisonnements de *dame Intelligence* et
des trois sages ne sont rien moins que clairs, et que
d'ailleurs nous n'avions à reproduire que les détails
qui jettent vraiment du jour sur les croyances musulmanes et sur l'idée que s'en faisoient nos pères, nous
n'avons pas hésité à les supprimer. Nous n'avons conservé, en fait de raisonnements de ce genre, que la
partie qui étoit intimement liée au fond de la discussion.

On trouve en tête du Traité cette espèce de dédi-
cace écrite en rouge : « Dieu excellant, et noble et
digne de totes honors, votre aide et votre grace et
votre beneiçon, nommerai cestui livre *du Gentil et
des iij. Sages,* lequel est par entention de vos con-
noitre et amer et doter, servir et honorer et essaucier
à votre glorieux non de Dieu. » Le Traité se termine
ainsi : « Lequel livre est reson de enluminer grox en-

tendement et oqur [1], et por esveillier ces granz homes qui dorment ès vices, por entrer en connoissance
et en compangnie des estranges et des privez. »

Nous avons dit que l'auteur, dans les divers arguments qu'il prête à ses interlocuteurs, fait preuve de
science et de bonne foi. Il commence ainsi son pro-
logue : « Com nos aions esté privez des mescréanz,
et avec eux aions lonc tens participé, et entendu
leurs fausses oppynions et leurs errors, ge, qui suis
uns povres hons corpables, chétif et péchéeur et mes-
prisiez de la gent, neant digne, si veuil que mon non
soit escrit en ce livre et en autre. » On lit de plus, à
la fin du Traité, ces mots : « Finez est le *Livre du
Gentil et des Trois Sages*. Benеoiz soit Dex par l'aide
duquel il est commenciez et finez, et par l'onor duquel noveilement il est translaté d'arabiche en latin
et en romens et en ebrieu. »

L'auteur, quoiqu'il ne soit pas nommé dans le cours
du volume, est Raymond Lulle, aussi fameux par ses
systèmes de philosophie que par son zèle pour la religion. Né à Palma, dans l'île de Majorque, en 1235,
il fit trois voyages sur les côtes d'Afrique pour convertir les Musulmans au christianisme, le premier en
1292, le second en 1308 et le troisième en 1314, peu
de temps avant sa mort. C'est dans l'intervalle du
premier au deuxième voyage, en 1307, qu'il composa,
à Montpellier, le *Livre du Gentil et des Trois Sages*.

----

[1] Obscur.

L'auteur du catalogue de la bibliothèque du duc de
La Vallière n'avoit pas découvert le nom de Raymond
Lulle; mais le système de raisonnement qui se remarque dans l'ouvrage, suffisoit pour faire reconnoître
l'auteur[1]. On a d'ailleurs à l'appui le témoignage de
Nicolas Antonio, auteur de la *Bibliothèque espagnole*,
et celui des Bollandistes[2]. Il paroît même que Raymond Lulle avoit écrit un autre dialogue du genre de
celui-ci; dans ce dialogue figurent un chrétien du rit
latin, un chrétien du rit grec, un nestorien, un jaco-
bite et un musulman[3].

Il resteroit à savoir en quelle langue le livre du
Gentil avoit été primitivement composé. Rien n'em-

---

[1] Lulle a développé tout son système dans l'*Arbor scien-
tiæ, liber ad omnes scientias utilissimus.* Lyon, 1605, in-4°.

[2] *Acta Sanctorum*, mois de juin, t. V, p. 696 et suiv.;
n°ˢ 212 et 244 de la liste des ouvrages de Lulle.

[3] *Ibid.*, n° 229. On doit également restituer à Raymond
Lulle le traité qui, dans le manuscrit, précède le *Livre du
Gentil et des Trois Sages*, et qui porte le titre de *Livre de
Doctrine d'enfant ou de l'Enseignement puéril.* Voyez-en
la preuve dans les Bollandistes, à l'endroit cité, n° 180. Il
en est de même du *Livre d'Evast et de Blacquerne*, cité vers
la fin du *Livre de l'Enseignement puéril*, et qui se retrouve
parmi les manuscrits françois de la Bibliothèque Royale,
sous les n°ˢ 1308 du fonds de Sorbonne, et $\frac{1181}{3}$ du Roi.
Voyez encore les Bollandistes, aux n°ˢ 135 et 183. Le *livre
d'Evast et de Blacquerne* est tout différent d'un autre traité
du même auteur, mais beaucoup moins considérable, intitulé: *Libellus Blacquerne de amico et amato.*

pêche de croire qu'il l'ait été en arabe. Raymond
Lulle, par suite de ses longues études et de ses voyages, s'étoit rendu la langue arabe très familière, et
les biographes citent de lui plusieurs ouvrages qu'il
avoit traduits, soit de l'arabe dans un idiome européen, soit d'un idiome européen dans l'arabe; ainsi, ce
seroit lui qui, après avoir rédigé son travail en arabe,
l'auroit traduit ou fait traduire à la fois *en latin*, *en romens* et *en ébrieu*. Pour ce qui est du mot *romens*, sans
doute il est pris ici dans son sens générique de *vul-
gaire*. La version que nous publions est en vieux françois ; les Bollandistes en citent une autre conservée
à l'Escurial, et qu'ils désignent par les mots *originale
vernaculum;* c'est probablement parce qu'elle est écrite
dans le langage catalan.

On peut encore se demander comment l'auteur a
pu mettre tant d'exactitude dans le langage qu'il prête
à l'interlocuteur sarrazin, exactitude telle, qu'on y
retrouve l'équivalent des propres expressions des
écrivains musulmans; c'est qu'apparemment Lulle
avoit eu recours aux traités originaux, se contentant
d'adapter le récit à la manière d'argumenter qui lui
est propre.

Voici au reste en quels termes l'auteur rend compte
de la marche qu'il a suivie : « Chascune science a mestier
de moz par quoi elle puist estre mieuz desclairiée ; et
comme nos feisons ces livres, veanz à homes lays, et
ceste science requiert à soudre clerement moz oqurs
les quiex les homes lays n'ont mie en usage; et por ce

brièment et pleinnement parlerons. A desclairier nostre entention prandrons-noz moz les plus communs que nos porrons; quar la matière de cestui livre est haute et soustive; et s'il avient que nos ne puissons desclairier nostre propos ne dire par moz françois pleins et communs, nos prandrons moz d'aucun autre langage; nos troverons aucunes paroles de latin selone ce que nos porrons, et ce que Diex nos en enseingnera. »

Nous devons ajouter que le manuscrit d'après lequel nous avons travaillé n'est pas toujours correct; en quelques endroits il manque des mots, en d'autres on croit trouver des répétitions. La date de son exécution, comme on en peut juger par le fac-simile, est peu éloignée de l'époque où l'ouvrage fut composé, et paroît être de la première moitié du quatorzième siècle.

ncmtett qaus lurer de la loi au farrazin ·

nant le farrazin
oit q̃ tens est q̃l
doit pr̃· Adonc
cen ala a la fon
reine· ⁊ laua ſes
cy cieus· ⁊ la chie
re· ⁊ ſes oreilles
Et apz̃ lana ſes piez· Et aucuns au
tres mẽbres ſecrez· Al a ſeneffience de
lorguil pechie ⁊ de neceſſite decora
ge ¶ puis apz̃ enclina ſon chief a tre
Et ſagenoilla· iii· foiz· en tre ſant la
re· et en lauat ſes meſt· ⁊ ſes euz et ſo
corſ· Et au chief il diſt ces paroles·
¶ En no de dieu miſericordieus ſeinz·
Au q̃l ſoit donc loange· Car il eſt ſegñ
du mõde· en li croi me fie· Car il eſt a
draicenz̃ de la droite voie de ſalut·
⁊ puiſeurs autres poles· diſt le carr̃·
ſelonc ce q̃l auoit acouſtume· en ſo
roiſon·

LIVRES

DE LA LOI

AU SARRAZIN.

——◦∺◦——

*Ci commence li quarz livres de la loi au
Sarrazin.*

QUANT le Sarrazin vit que tens est qu'il doit
parler, adonc s'en ala à la fonteinne et
lava ses meins et sa chière et ses oreilles, et
après lava ses piés et aucuns autres membres
secrez, à la senefience de l'orguil, péchié et de
nécessité de corage[1]. Puis après inclina son
chief à terre et s'agenoilla .iij. fois, em besant
la terre et en lavant ses meins et ses euz et son
cors. Et au chief il dist ces paroles : « En non
de Dieu miséricordieus, seinz, auquel soit
doné loange, car il est segneur du monde:
En li croi, me fie, car il est adreicemenz de
la droite voie de salut[2]. » Et pluseurs autres

---

[1] Les Musulmans ne croient pas pouvoir mieux commencer une entreprise, surtout dans les matières religieuses, qu'en faisant l'ablution et en se mettant dans l'état de
pureté. Voyez le *Tableau général de l'Empire othoman*,
t. II, p. 7 et suiv.

[2] Cette espèce d'invocation est la traduction du premier

paroles dist le Sarrazin, selonc ce qu'il avoit
acoustumé en s'oroison.

Là orrez quanz articles sont de la loi au Sar-
razin. Il en est XII.

Quant il ot finée s'oroison, il dist au Gentil
que les articles de sa loy estoient .xij. C'est à
savoir : à croire .j. Deu créateur, Mahommeit
estre prophète. Encore autre loy donée de
Dieu : Croire que li anges demande à l'ome
mort quant il est en terre, se Mahommet mesage de Diu : venront totes choses fors que
Dieu, à résurrection. Mahommez sera oïz de sa
proicire au jor du jugement; rendrons conte
à Dieu de noz euvres au jor du jugement; seront pesez les biens et les maux; passerons par
la voie eureuse. Le dozième article est croire
que paradis et enfer soit.

DE CROIRE .I. DIEU.

Tandis con le Sarrazin regardoit les arbres
por choisir les fleurs qui li avoient mestier à
prouver Dieu estre,

---

chapitre de l'Alcoran, que les Musulmans ont coutume de
réciter quand ils commencent que'que chose et auquel ils
ont donné en conséquence le titre de *fatihet* (الفاتحة) ou
d'ouverture.

Ci parle le Gentil.

Le Gentil dist : « Sire Sarrazin, il ne vous covient jà prouver .j. Dieu estre ; car assez soufisamment l'a prové le Juif[1]. » Mès le Sarrazin li respondi et dist qu'il voloit prouver que Dex ne fust mie divisibles, ne départiz en diverses parties, ne compost. « Einçois est uns en totes manières sans trinité ou pluralité. Il seroit compost en la bonté, grandeice, éternité, pooir, sageice, amor fussent contreires à perfection. Et con ce soit impossible, por ce est manifestée que Dex n'est mie en trinité. »

Comment le Gentil parle au Crestiein et au Sarrazin.

Quant le Sarrazin ot dites ces paroles, le Crestiein volt respondre au Sarrazin ; mès le Gentil li dist : « Sire, il n'est pas droiz que vos parloiz, selonc ce que nos avons ordené au commencement de nostre deputoison[2] ; mès ge li respondrai. » Et adonc dist le Gentil au Sarrazin : « De ceste manière avons heu deputoison entre moi et le Crestiein por ce : donc, pòr ce que je ai oï, orandroit je ai connoissance

---

[1] Voy. le Ms., fol 86, r°.
[2] Voy. le Ms., fol 60,

7

comment le Crestien croit en une manière en
Dieu estre trinité¹, et vos euidiez qu'il croient
en autre manière, et por ce m'est samblant
que vos ne vos poez acorder en une foy et en
une créance avec le Crestien. Et car de ceste
article avons assez oï, passez avant et provez
moi voz autres articles. »

DU CREATOR DU MONDE.

Le Sarrazin vost prover Dieu, et estre créateur du monde et de totes choses; mais le
Gentil li dist que Deu estre créator ne cove-
noit mie prover; car bien avoit esté prové;
mès il li pria que il li deist se Dex a créé mal,
ne corpe, ne péchié. Le Sarrazin respondi et
dist : « Nos créons que Dex créa le mal et le
bien, la corpe et le péchié et le mérite, et créons²
totes choses qui viennent et sont venues de
bien de Dieu; car se aucune estoit qui fust
créée et venue d'autre, seroient .ij. Dex. Et
ce est impossible : par laquelle impossibilité
est prové que mal et bien est venuz de Dieu. »

Ici parle le Gentil.

Dist le Gentil au Sarrazin : « Une des condi-

---

¹ Voy. le Ms., fol. 95 v°, col. 1 et suiv.
² Suppléez que.

cions du secont arbre est que les flors du premier et du secont ne soient mie contreires. Se ce que vos dites est voir, il s'ensuivroit que la divine volenté fust contreire à justice et se concordast à injure; car se Dex a péchié, il covient que il oit arme créé, car s'il n'eust volenté, jà ne le créast; et s'il créa péchié, lequel il a créé? Impossible chose est que ès fleurs du premier arbre et du secont soit contrariété : por ce est impossible que Dex oit créé péchié. »

Comment le Sarrazin respondi.

Respondi le Sarrazin et dist au Gentil: «Vos savez bien que Dex (benéoiz soit[1]!) a la parfaite sageice, selonc ce que au premier livre est prové[2]. Donc, se Dex a parfaite sageice, il s'ensuit que Dex savoit péchié avant ce que le monde fust; et savoit que s'il créoit le monde, que home pécheroit. Et por ce que Dex le savoit, créa-il l'ome et le monde, et por ce est senefié que Dex créa péchié, et est chose et achoison que péchiez soit. »

---

[1] Ce vœu, peu usité chez les écrivains européens, est la traduction littérale de la formule arabe, très familière aux Musulmans سلامه.

[2] Il est bien singulier que le Sarrazin cite le premier livre de cet ouvrage. Voy. au reste le premier livre *passim*, à partir du fol. 70, r°, col. 1.

Ci parle le Gentil.

Contre cestui argument argua le Gentil et dist : « Dex a perfection en som pooir et en son savoir ; et s'il ne l'avoit, sa grandeice et son pooir et son savoir auroient fin et terme. Et con ces fins soient, por ce en l'infinité deu pooir et du savoir est seneflé qu'il peut savoir péchié sanz ce que son pooir et son savoir ne son voloir soient achoison ne cause de péchié ; et se Dex n'avoit sanz ce qu'il voussist estre achoison de péchié, son pooir ne son voloir ne son savoir n'auroient perfection. Et car devant avons einssi parlé de ceste question, ge ne vous veuil ore plus demander ; mès passez oustre à prouver les autres articles. »

QUE MAHOMMET SOIT PROPHÈTE.

Dist le Sarrazin au Gentil que « uns tens fu que totes les genz estoient nuz de foy et de la connoissance de Dieu en la cité de Tripe[1] où Mahommeit fu propheite, et aoroient ydoles,

---

[1] C'est-à-dire d'Yatreb. Tel est le nom que porta jadis Médine. Ce nom de *Médine* est un mot arabe qui signifie *ville* ; il est pour *Medinet-Elnebi* (مدينة النبي) ou ville du Prophète. Il fut donné à Yatreb à l'époque où Mahomet, fuyant ses ennemis, sortit de la Mecque sa patrie pour se retirer dans cette première ville.

et n'avoient nule connoissance de Dieu; et estoient en ceile meyme error en quoi vos esticiz avant que nos venissons en cestui leu, ne que nos eussons connoissance de Dieu [1] : donc tot autresi con vos avieiz mestier de consolation encontre la tristeice en coi estre soliciz, aussi avoient mestier d'aide et de enluminement de foy ces genz devant dites ; car la bonté de Deu est grant. Por ce ot Dex pitié de ceile gent, qui non sachamment se perdoient, et les vost enluminer et donner leur connoissance de soi-meimes et de sa gloire. Por ce leur envoia Mahommeit pour prophète, qui les enlumina et dona connoissance de Deu : lequel enluminement et laquelle connoissance se concorde à la grant bonté divine, à laquelle ne se peust concorder, se ne fust prophète. Et quar j. bien se doit concorder à l'autre, por ce au bien de Deu et au bien Mahommet fist, quant il adreça Sarrazins; et por ce est prouvé que Mahommeit est mesages de Dieu. »

Question.

Argua le Gentil et dist : « Selon ce que vos

---

dites, s'ensuivroit que la perfection divine ne
se concordast pas à la grant bonté divine, con
chose soit que en la terre d'où ge sui oit mout
de gent qui vont à perdicion, por ce que il
n'ont nule connoissance de Dieu. Et por ce
fust bone chose que Dex y eust envoici Mahomet ou autre prophète qui les eust adreciez et enluminez à connoistre Dieu. Donc con
Dex ne les oit adreciez ne enluminez à li connoistre, de ce s'ensuit que la bonté divine ne
veuille mie feire tot le bien qu'ele porroit; et
por ce est contre à la grandeice se concorde-
roit ladite bonté divine, se cile feisoit tot bien
et tot ce qui seroit necesseire et prophitable;
et se la bonté divine est contreire à la grandeice, impossible chose est que cile se puisse
concordar à perfection, et ce est contre les
condicions des arbres. »

Solucion.

Respondi le Sarrazin, et dist : « Certeinne
chose est que Dex done à home franc arbitre,
c'est-à-dire qu'il li a doné franchise de feire
bien et mal; donc se toz les homes qui sont, estoient en voie de vérité, 'l n'auroient point de
matire en coi il peusse[n] iser de leur franc
arbitre; et por ce Dex vost que aucunes genz
fussent en error, por ce que nos qui somes en
vérité, les volons convertir par prédication, ou

en autre manière à venir à voie de salvation. »

De Pooir et Justice.

Acoustumé chose est de roi, qu'il use de son peuple en totes les manières qu'il en veut user. Donc con Dex oit créé en home sageice, par laquelle home connoisse le grant pooir devin, por ce à demonstrer son grant pooir a Dex envoié en divers leux prophètes et en divers tens acoustumez à demonstrer son grant pooir de feire aucuns establissemenz en .j. tens et en naturel tens. Et por ce envoia-il le prophète Moysès, et dona loy à Moysès et aus Juis, laquelle Dex vost conserver ouques¹ en celui tens que vint Jhesucriz li prophètes qui fu experit de Dieu; et fu nez de fame sainte et virge, et dona loy aus Cresticins qui dura juques au tens que Dex nos envoia Mahommeit, lequel nos révéla que est nostre loy, et est parole de Deu; et se Dex ne feisoit ces mutacions de coustumes des loys par diverses prophecies et en divers tens, sageice d'ome ne seroit mie tent enluminée de connoistre le pooir devin. De la sageice est senefié que Mahomet est me sages de Dieu. »

Contre ce dist le Gentil : «Selonc les flors des arbres et leur condicions s'ensuit que Dex

---

¹ Jusques, du latin *usque*.

adonc ne savoit mie .j. prophète contre autre,
ne que l'un destruie aus autres, ne ne mescroie
ce que li autre propheite de Deu¹. Donc con la
loy des Cresticins et la vostre soient contreires,
por ce est impossible que voz .ij. loys soient
de Deu; et se eiles sont de Dieu, les flors du
premier arboe covient concorder à fauseté
contre vérité; et ce est impossible. Et encore
s'ensuivroit, se einssi estoit que vos dites, que
Dex doit envoier .j. autre prophète qui des-
truira tot ce que Mahommet a dit et propheció;
et puis emprès celui y envoiast .j. autre, et ne
cessast Dex de einssi feire jusques en la fin du
monde, et ce est impossible et contre la sage
perfection devine; car tuit bon mestre doivent
amer leur euvre perfection, se le mestre est
sage ne puissant.

Dist le Sarrazin au Gentil : « Mahommeit estoit hons lays qui riens ne savoit de leitre², et
Dex li révéla l'Alcora qui est révélée de grant
sageice, et est li plus beaus ditez qui soit ne qui
estre puisse; car toz les homes qui sont, ne
les anges, ne les deables ne porroient feire
tant bel dité comme est l'Alcora qui est nostre
loy. Donc comme coustume soit des homes qui
par leur sageice ont orguil et veinne gloire,

---

¹ Il manque ici quelques mots. Le sens est : *ce que les
autres prophètes de Dieu ont affirmé.*

² Voy. ci-devant, pag. 3, note 1.

mesprisier les non sachanz, por ce la sageice
de Deu vost enluminer Mahomet de tent grant
sageice qu'il soit[1] révéler l'Alcora, qui est parole de Dieu. Et ne fu pas orguilleux de destruire orguil et veinne gloire et supplication
de humilité de Dieu qui tant vost essaucer,
em Mahommeit. Et car[2] grandeice de sageice
et humilité est senefiée que Mahomeit est propheite.

« A l'ome qui a en soi charité et justice doit
estre feite honor et révérence. Donc con Mahomet soit honoré en ce monde de tent de
gent, il covient que il oit concordente justice
à la charité divine; car se cinssi n'estoit, Dex
ne sofriroit mie qu'il fust tant honoré con il
est; et, se il le soufroit, il s'ensuivroit que injure et honor se desconcordasse à charité contre deshonor et justice. Et ce est impossible:
par laquelle impossibilité est demonstrée l'o-
nor que Dex feit à Mahommet, qui tant honoré le tient en ce monde que Mahommeit est
propheite. »

Ci argua le Gentil.

Contre ce dist le Gentil : « Sire Sarrazin, selonc ce que vos dites, s'ensuit que Jhesucriz qui
tant est honorez en ce monde soit Dex, et que

---

[1] Qu'il soit.
[2] Lisez par.

ses apostres et les autres qui sont tant honorez
en ce monde, en voie de vérité : car se Dex ne
sofroit que en ce monde fussent honorez, ceus
qui sont morz en fausseté pour ce qui est dit
de cist covient estre vérité, ou votre loy seroit faussée, et Mahomeiz ne seroit mie honorez ne d'estre propheite. »

De Sageice, Orguil.

Dist le Sarrazin au Gentil : « Selonc ce qui
est raconté en l'Alcora [1], qui est per à Dieu [2], em
paradis seroit mout granz deliz des viandes de
diverses manières, les quiex seront mout pleisanz à mangier, et y aura de mout biaus veste-
menz et de mout biaus palès et de mout beiles
chambres, et y aura de mout biaus liz où ge-
ront de mout beiles fames, dont auront les
homes mout graables deliz corporieux, dont
la glotonnie et l'avarice et la luxure de cest
monde. Dex envoia Mahommeit por ce que les
genz eussent espérance des deliz de paradis et
qu'il n'en chaïssent ès deliz de ce monde. »

DE L'ALCORA ET AMOR.

Dist le Sarrazin au Gentil : « Si comme ge vos

---

[1] Voyez entre autres à la sourate LV, vers la fin.
[2] Le sens paroît devoir être *qui est parole de Dieu.*

ai desus dit, Mahomet fu home lay qui riens
ne savoit de leitre, et l'Alcora est la plus beile
distée qui soit ne qui puisse estre: donc se par
euvre et par volenté de Deu ne fust, Mahomeit ne peust avoir dit ne feit tent biau dit, ne
tent ordenées paroles comme sont ceiles de
l'Alcora, soit tent bien distée con nos soit donée par Mahomet, qui riens ne savoit de leitre
ne n'avoit pooir de dister tot par soi, senz
ayde, tant beiles paroles : dont covient que
l'Alcora soit parole de Dieu[1]. »

De ce meimes.

« Pooir et amor se concordent en Deu; et
comme en l'Alcora soit continue[2] tent de beneurtez que Dex promeit à cist qu'il auront la
gloire dame-Deu, por ce est senefié que l'Alcora est à la grant amor que Dex a à son peuple, et que en nule loy ne sont promises tant
de beneurtez à home con por l'Alcora que nule
autre loy. Et se cinssi n'estoit, il s'ensuivroit
que home peust plus amer de Dieu en tent con
Dex prometoit greigneurs. Et ce est impossible
contre les condicions de l'arbre.

---

[1] Sur cette opinion des Musulmans, voy. l'ouvrage de
M. Reinaud, déjà cité, t. I, p. 282.

[2] Contenue.

De Pooir et Amor.

« Sachiez, sire Gentil, que tot le plus honoré
leu et le plus delitable que les Juis ne les Cresticins aient en ce monde, est une cité que l'en
apeile Jherusalem, et ceile cité fu chief des
propheites au commencement du monde, et
en ceile cité fu Jhesucrit crucifié et mort et
jut lui sepucre, selonc ce que les Cresticins
croient. Et ceile cité tiennent et ont en leur
possession les Sarrazin, maugrez les Cresticins
et les Juis, et en ceile cité est leue la leçon, et
nul autre livre ne nule autre loy n'i est tant
honorée comme l'Alcora. Et tot ce est à senefier le pooir et la justice de Dieu; car por ce
que le peuple des Cresticins ne des Juis ne
croient en l'Alcora, les punist Dex en celi leu
qu'il aient[1]. Por ce est senefié que l'Alcora est
parole Dieu; et se ce n'estoit einssi, il s'ensuivroit que le pooir devin et sa justice fussent
contreires à la justice des Cresticins et des
Juis. Et ce est impossible: par laquelle impossibilité est senefiée et manifestée que Dex a
envoiet l'Alcora, et que le pooir devin la soustient et garde.

De Sageice et Envie.

« A senefier que la sageice devine soit con-

---

[1] Qu'ils aiment.

treire à envie, a Dex envoiet en terre l'Alcora
où il promeit et porvoit mout de beneurtez
lesqueles home aura em paradis, por mortefier
en home envie en ce monde et les deliz tem-
porex, et por ce que homes n'aient envie des
fames ne des richeices des autres ; car tent
grant habundance a em paradis que en cest
monde ne doit estre nul home envieux. Et con
por l'Alcora soient promises pluseurs beneurtez que por nule autre loy, et por mortefier
envie en cest monde, se l'Alcora ne fust parole
de Dieu, selonc les condicions des arbres,
fu senefiée que la sageice de Dieu et envie se
puissent concorder. Et ce est impossible : par
laquelle impossibilité est senefiée que l'Alcora
est parole de Dieu.

De Justice et Ire.

« De tant con justice est gregneur, de tent
peut estre plus moutepliée ire par envie, et
home puniz par justice : donc comme en l'Alcora soient promises tent de beneurtez à ceus
qui seront en gloire, gregneur ne[1] en auront
ceus qui sont en enfer et n'auront pas esté
obedienz à Dieu, quant leur sovendra de la
gloire qu'il auront perdue, laquelle leur estoit
promise en cest monde et révélée par l'Alcora,

---

[1] Il nous semble qu'on doit lire ici *ire* à la place de *ne*.

que n'auront les Juis ne les Cresticins, à cui
tant de gloire n'est mie promise en leur loy
comme aus Sarrazins en la leur. »

DE LA DEMANDE QUI FU FEITE A L'OME QU'IL VIT EN LA FOSSE.

Dist le Sarrazin au Gentil : « Nos créons que
quant .j. home est mort, .ij. anges viennent à
sa fosse, de par Dieu, et li demandèrent .v.
choses, c'est à savoir : quele chose est Dex, de
coi est sa loy, et quele est loy, et se Mahomet
est prophète, et se Dex li a doné grace ; qu'il
respondi que Dex est son créator, et que sa loy
est de Dieu, et que sa loy est l'Alcora, et que
Mahomet est mesage de Deu, et que einssi est ;
et que il demorroit en son serqeul léanz, juques au jor du jugement ; et verra paradis et
les anges que Dex trameit, et se il voit enfer et
les poinnes, adonc sera-il eschapez ; et à tel
home à cui seront feites ces demandes, et ne
saura respondre selonc ce qu'il covient, sa
tombe li sera estroite, et il en sera en peinne
en en tristor jusques au jor du jugement ; et
verra les peinnes d'enfer qui li sont apareil-
liées ; et verra la gloire de paradis qu'il a perdue[1]. Sire Gentil, ces choses que ge vos ai
orendroit dites croient les Sarrazins. »

---

[1] Voyez sur cet article des croyances musulmanes, le

Question.

Dist le Gentil : « Comment peut l'ome mort veoir les choses que vos dites, con l'ame soit partie du cors ? Et le cors sanz l'ame ne peut veoir ne entendre, ne parler, ne respondre. »

Solucion.

Respondi le Sarrazin et dist : « Aucuns de nos créons que Dex remeite l'ame hu cors, et les autres croient que l'ame est entrée hu cors et le deseure; et por coi ? Par la vertu du pooir devin. Et por l'ame qui est en la fosse peut l'ome respondre et peut veoir ce que nos avons dit. Et se Dex n'avoit tant grant pooir que home mort puisse feire les choses desus dites, il s'ensuivroit que grandeice et pooir fussent contreires en Dieu; et ce est impossible. »

De Grandeice et Justice.

Dist le Sarrazin au Gentil : « Certeinne chose est que la justice de Deu est gregneur que la justice qui est en home : por ce, selonc la grant

---

Commentaire de l'Alcoran, par Maracci, p. 300; et le Prodromus du même auteur, partie III, p. 90; partie IV, p. 96.

sageice de Dieu, covient estre ordenée chose
por coi soit manifestée la justice divine estre
gregneur ; car la justice de l'ome ne dure fors
tant con l'ome est vif ; mès la divine justice fu
devant ce que l'omé feust, et est après la mort
de l'ome ; et si est manifestée en ce que dé-
monstre paradis et enfer estre qui furent devant ce que le monde fust et sont après la
mort d'ome, après laquelle Dex demonstre sa
justice à juger l'ome mort, selonc ce qu'il respondra à la demande devant dite. »

De Bonté et Ire.

Dist le Sarrazin au Gentil : « Por la grant
bonté de Dieu est manifestée l'ire que Dex a,
por laquelle home est corpable de péchéeur :
donc à senefier ceile grant bonté et l'ire que
Dex a vers justice et péchié, veut révéler à
home mort, en la fosse, se la gloire et les peinnes d'enfer demonstre que Dex oit digne gloire
et het peinne infernal. Et veut que home puisse
eslire gloire et esquiex [1] peinne en sa fosse, si
respont aus anges selonc ce que nos avons
dit. »

De Foy, Espérance.

Foy et espérance peut estre gregneur quan-

---

[1] Lisez *esquiver*.

tité en home, se la demande est feite que s'eile n'est feite; car se l'ome péchéeur ne peut feire en sa vie euvre par coi il se puisse sauver au meins en sa mort, car les anges si feront les demandes devant dites, porra-il eslire salvation et eschever dampnacion?»

DE AMOR, POOIR ET PERFECTION.

Dist le Sarrazin au Gentil : « Nos créons que totes choses morront fors Dieu : c'est à savoir homes, anges et totes choses vivanz. Et ceste mort sera quant li anges séraphin cornera, et puis morra; et nule chose qui est vive ne remeindra vive fors Dieu tent seulement. Donc à prover cet article est covenable la flor escrite au commencement de ce chapitre; car se totes choses vivenz meurent, mieuz seroient senefiées en Dieu pooir et perfection, et en la chose non mortel que en la mortel. Con vraie chose soit que mortalité segnefie imperfection, et immortalité senefie perfection, por ce est senefié que totes choses doivent morir et morront fors Dex tent seulement, »

Question.

Dist le Gentil : « Se totes choses meurent, voirs est que le pooir et la perfection Dieu seroient manifestées greigneur, quant ense-

ment de pooir parfeit en mortel[1]. Mès les gens
et les ames des seinz homes qui n'ont mie deservie mort, einz orent deservie vie, morront,
la perfection divine sera contre bonté, justice,
con ce soit que mort d'ome passion domage,
laquelle chose ne doit nul home soustenir sanz
corpe. Donc comme impossible chose soit que
la divine perfection doit[2] contre justice et la
bonté de Dieu; por ce est senefié que ce que
vos dites est faus. »

Solucion.

Respondi le Sarrazin et dist : « Ce que vos
dites seroit vérité, se Dex ne recornoit autre
foiz les anges ne les ames; car tuit resusciteront, et Dex leur randra vie perdurable. Por ce
ne leur fera Dex nul tort en la mort, einçois
feront tort à soi-meimes, s'il n'usoit de tiex
vertuz et ès créatures aussi, qu'elles ne fussent
veues en gregneur nobleice et perfection. »

Question.

Dist le Gentil : « Mort est département d'ame
et de cors : dont con les anges n'aient point de

---

[1] Le sens paroît être : *puisqu'il ne peut pas y avoir de
pouvoir parfait dans un être mortel.*

[2] Lisez *soit.*

cors, comment porroient-il donques morir? »

Solucion.

Respondi le Sarrazin et dist : « Les anges morront en tent comme il ne seront riens : por ce est dit qu'il morront. »

Question.

Contre ce dist le Gentil : « En ce que riens ne seroit, Dex sera contreires à ce qui se concorde à estre, car les bons anges deservent avoir estre, por ce car il servent Diu. S'il ne sont riens, les vertuz devines se concordent à non estre, et est impossible. »

De Perfection et Justice.

Aussi comme l'or ou l'argent se espurge et aline au feu, aussi est purificacion des seinz sera en la mort; car tote vie et tote imperfection sera afeinée en la mort. Et la mort sera por justice; en laquele justice sera purifiée. Et certeinne chose est que nule chose n'est parfeite, ne immortel fors Dieu tent seulement; dont cesti qui est immortel non usoit doner mort à ce qui est mortel, il ne seroit mie à justice à senefier sa perfection ne sa immortalité; ne il ne morroit mie en évitant la mortalité,

et einssi seroit en vertus comme sa perfection
et sa immortalité. Et ce est impossible, en laquele impossibilité est senefiée que totes choses fors Deu morront de nécessité.

DE RÉSURRECTION.

Tandis con le Sarrazin regardoit au premier
arbre et voloit choisir une fleur pour prover
résurrection, le Gentil remembra ce[1] au premier livre est sofisamment prové résurrection.
Por ce dist au Sarrazin : « Sire, il n'est mie
mestiers que vos provez cest article, car il a
esté bien provez au premier livre[2]; mès orendroit vous pri que vos me dioiz[3] la manière
comment que vos et voz Sarrazins créez estre
resuscitez. »

Du Sarrazin.

Respondi le Sarrazin et dist : « Nos créons
que quant totes les choses vivenz seront mor-
tes, adonc plovra du ciel yaue qui sera tote
autent blanche comme leit, et adonc istront
de terre les homes et les bestes et les oisiaux,
con feit l'erbe menue, et aussi feront totes les

---

[1] Lisez *que.*
[2] Voy. le Ms., fol. 71, v°, col. 2.
[3] Que vous me disiez.

autres choses vivanz[1]. Et l'anges séraphin
qornera son cor autre foiz. Adonc resusciteront
les genz, et lors covriront la terre de leur
chiés, et lors vendra du ciel la chaleur du soloil,
qui sera mout grant. Et les genz se coucheront
an la terre, qui sera mout blanche et
froide; por la grant chalor qu'il sofriront seront
en sueur, et treiront hors les anges, et
leur sera samblenz que celui jor durera .l.
mile anz[2]. Et du premier ciel descendront
pluseurs anges en nombre que ne sont toz les
homes vis qui sont en la terre; et du secont
ciel en vendront .ij. tenz, et du tierz .iiij. tenz,
et aussi de ciel en ciel doblant jusques au treizième
ciel[3]. Donc descendra Dex de celui ciel
avec les anges, et dira ces paroles : « Ge seroie
« en vertu, se en cestui jor de résurrection
« m'eschapoit nule autre créature dont ge
« preisse autre vengence de l'injure qu'il m'ont
« feit. » « Sire Gentil, selonc ceste manière,
créons-nos qu'il sera résurrection, et meintes
autres choses vos em porroie dire qui trop
seroient longues à raconter; car en ceste des-

---

[1] Voy. Pococke, *Porta Mosis, Notæ miscellaneæ.* Oxford,
1665; p. 256 et 267.

[2] Voy. l'*Exposition de la foi musulmane*, traduite du
turc par M. Garcin de Tassy, p. 17.

[3] Les Musulmans en général n'admettent que sept cieux;
quelques uns en reconnoissent huit, d'autres dix. Voyez
l'ouvrage de M. Reinaud, déjà cité, t. II, p. 373 et suiv.

putoison est ordené que nos parlerons au plus
brièment que nos porrons. Por ce en some vos
dirai ce que Mahomeit nostre prophète en raconte en l'Alcora, en la manière que noz sages
mestres et les poines exthochés[1] de nostre loy. »

COMMENT MAHOMMEIZ SERA OÏZ DE SA PROIEIRE.

Dist le Sarrazin au Gentil : « Nos créhons que
Mahomeiz prophecicra Dieu por son peuple,
et sera oïz de sa prieire. Et tot avent que ge
preuve cest article, ge vos veuil raconter la manière comment Mahommeit priera Dieu et sera
oïz de sa proieire au jor du jugement. Quant
totes les genz seront resuscitez, Dex les assam-
blera toz en .j. leu, et seront en grant travail
por le grant chaut qu'il soustendront et por la
sueur en coi seront et soustendront; car tuit
home seront en suor juques aus genouz des
piez, et les autres juques à la gueule, et les autres seront tuit en sueur juques aus euz, et
les autres seront tuit einssi en sueur con la gre-
noille est en l'iaue; et ce est selonc ce que les
homes seront péchéors que les autres seront
tot aussi. Adonc se concorderont ces genz qui
en tent grant poinne seront que tuit ensamble

---

[1] Il est probable que *poines* est ici pour *points*, et que le
mot *exthochés* vient du grec στοιχεῖον, qui signifie *principe*,
élément.

venissent à Adam et li prions qu'il prie Dieu
qu'il traie de ceste peinne; que ceus qui se doivent sauver monte em paradis, ceus qui doivent estre blamez et dampnez monte en enfer. Mès Adanz respondra et dira: « Ge ai honte
« de prier Dieu por ce que ge lui fui desobé-
« dienz quant ge manjai du fruit qu'il m'avoit
« deffendu que ge ne manjasse[1]. » Et adonc leur
dira Adanz : « Alez à Noël[2], et li priez qu'il face
« ce que vos demandez. » Et à Noé s'en iront,
et ceile meime prieire li feront que à Adam
firent. Noël respondra : « Ge ne suis mie dignes
« de prier Deu, ne que Dex m'oie de ma prieire;
« car ge lessai mon peuple qui peri au jor du
« déluge[3], et ai honte de prier Deu; mès alez
« à Abraham, et li priez qu'il prie por vos. »
A Abraham s'en iront, diront ces meimes paroles que à Noé auront dites, et Abrahans respondra : « Ge ne suis mie dignes de prier Dieu,
« car ge ai manti .ij. foiz, c'est à savoir quant
« ge dis à mon père que ge n'avoie mie chaciez[4]
« les ydolez, et que ciles estoient totes coies par-
« ciles[5]. La seconde foiz que ge menti fu quant

---

[1] Comparez le livre de la Genèse, chap. III, et l'Alcoran, sourate VII, vers. 20; sourate XX, vers. 119.

[2] Noé.

[3] Voy. la Genèse, chap. VII, et l'Alcoran, sourate XI,
vers. 26 et suiv.

[4] Pour *quaciez,* cassé, brisé.

[5] A en croire les Musulmans, le père d'Abraham, qu'ils

« je dis que ma fame estoit ma seur et qu'eile
« n'estoit mie ma fame[1] : donc ge ne suis mie
« dignes de prier Dieu ne d'estre oïz de ma
« prieire. Ge vos conseil que vos alez à Moy-
« sès. » Et il iront, et li prieront que il prie Dieu
por eux, et il leur respondra : « Ge ne suis
« mie dignes de prier Dieu ne d'estre oyz de
« ma proieire ; car ge ocis .j. home[2], et enchar-
« chai que toz ceuz fussent ocis qui avoient
« aoré le veeil d'or, de coi il avoient feit ydoles,
« laquelle ydole il aoroient comme Dieu[3] ; mès
« ge vos conseil que vos en ailliez à Jhesucrit,
« et li priez qu'il prie por vos. » A Jhesucrist
s'en vont, et li prièrent qu'il priast por eux,
et il s'esqusera à eux, et leur dira : « Ge ne suis
« mie dignes de prier Deu ne d'estre oïz de ma
« proieire, porce que les genz me croient estre
« Dieu, et m'aorent comme Dieu, sanz licence
« de Dieu ; mès ge vos conseil que vos ailliez
« au saint prophète Mahommeit et li priez que
« il proie por vos. » A Mahommeit s'en iront,

---

nomment Azer, étoit un fabricateur d'idoles ; et Abraham,
plein de zèle pour la vérité, montra de bonne heure son
mépris pour ces dieux de bois et de pierre. Voy. l'Alcoran,
sourate XXI. vers. 52 et suiv.

[1] Livre de la Genèse, chap. XX.

[2] Livre de l'Exode, chap. II, vers 12 ; Alcoran, sourate
XXVIII, vers. 15.

[3] Livre de l'Exode, chap. XXXII ; Alcoran, sour. VII,
vers. 148, etc.

et li diront qu'il prie Dieu qu'il les traie de
ceile peinne en coi il sont; que ceus soient
dampnez, et ceus sauvez qui l'ont deservi. Et
Mahommeiz leur respondra que mout volentiers le fera. Et meintenant s'agenoillera Mahomet et s'enclinera à la terre, et priera Dieu
qu'il les délivre de la peinne en coi il sont, et
que ceus qui doivent estre sauvez montent em
paradis, et ceus qui doivent estre dampnez
meite en enfer.

De ce meimes.

« Quant Mahomet aura feite ceste proieire à
Dieu, voiz de Dieu sera hu ciel, et dira : « Ma-
« hommeit, il n'est mie jor de feire prière à
« Deu; mès demein tu me prieras et tu seras
« oïs de ta proieire. » Adone dira Mahomet :
« Ahi, sire Dex! s'il vos vient à pleisir, co-
« mandez à ces genz qu'il vos rendent conte des
« euvres qui sont feites, et ceus qui doiven
« aler em paradis y voisent[1], et ceus qui doivent
« aler en enfer y voisent. » Et Dex respondra
et dira : « Soit feite la volenté de Mahommeit. »
Sire Gentil, dist le Sarrazin, c'est une manière que nos créons que Mahomeiz priera
Deu et sera oïz de sa proieire.

---

[1] Y aillent.

De ce meimes.

« Encor y a autre manière comment Mahommeit priera Dieu et sera oïz de sa proicire;
c'est à savoir que, quant Dex aura jugiez les
bons em paradis et les mauvès en enfer, et
aus[1] péchéeurs du peuple Mahommet seront en
enfer, donc priera Mahommeit por celui peuple, et Dex les treira d'enfer par la pricire Mahommeit[2], et ces .ij. manières de pricires
créons-nos. »

De Grandeice, Justice, Amor.

Dist le Sarrazin au Gentil : « Nos trovons
que toz les propheites devant diz péchèrent
despuis qu'il furent prophète, si con nos avons
devant dit et raconté, por lequel péchié il se re-
fuseront de prier Dieu. Mès nos ne trovons mie
que Mahomet péchast onques puis qu'il fu
prophète[3] : dont à demonstrer que Dex eime
mout forment justice, et injure qui est péchié,

---

[1] On propose de lire *que les.*

[2] Dieu est ainsi censé parler dans l'Alcoran : « Si les
hommes, après avoir péché demandent pardon au Seigneur,
et que son envoyé intercède pour eux, ils le trouveront mi-
séricordieux. » Cette pensée est développée dans l'ouvrage
de M. Reinaud, t. II, p. 110 et suiv.

[3] Sur l'état constant de pureté attribué par les Musulmans

nos honorons Mahomeit par desus toz les autres propheites en estre oïz de sa proicire.»
Quant le Sarrazin ot dite cette parole, le Juif
vost respondre; mès le Gentil ne le vost sou-
frir.

Dist le Gentil au Sarrazin : « Dites-moi se
Mahomet pécha avant qu'il fust prophètes ? »

Respondi le Sarrazin et dist : « Voirs est que
Mahommeiz pécha non sachemment avant qu'il
fust prophètes, en ce qu'il créoit et aoroit les
ydoles, si comme il estoit acoustumé en la terre
dont il fu, et selonc l'acoustumance en coi l'a-
voit mis som père et sa mère; qu'il créoient et
aoroient ydoles. »

De Amor, Justice.

Dex cime humilité et het orgueil; car Dex
vost que Mahomez fust oïz de sa proicire car[1]
desus toz les autres prophètes, lequel Mahomet
estoit home lay qui riens ne savoit de leitre; et
par humilité ot gregneur article de prover
Dieu que les autres prophètes, les quiex n'o-
rent onques hardement de prier Dieu por le
peuple, jà fust ce qu'il fussent letrez et eussent
mout grant science.

à Mahomet. Voy. l'ouvrage de M. Reinaud déjà cité, t. I,
p. 292 et suiv.
[1] Lisez par.

De Foy, Espérance.

Certeinne chose est que les Juis ne les Cresticins ne croient ne n'ont en espérance que par
prieire de nul home isse nule ame d'enfer,
puis que cile y sera entrée; donc con foy et
espérance en soient meneurs et [1] Juis et Cresticins, en soient gregneurs aus Sarrazins qui
croient et ont espérance que, por les prieires
Mahomeit, istront d'enfer les péchéeurs qui y
seront : por ce que espérance se concorde à gregneur quantité, covient estre otroiée selonc
les conditions des arbres, et por ce est prové
que l'article devant dite est vérité.

De Charité, Envie.

Dist le Sarrazin : « A mouteplier charité et à
mortefier envie voudra Dex que Mahomeiz
soit oïz de sa proieire par desus toz les autres
prophètes, por ce que Dex cime Mahomet, et
qu'il n'aient nule envie de l'onor que Diex li
avoit feit par desus toz les autres. »

DE RANDRE CONTE.

« Sachiez, sire Gentil, que Dex demandera à

---

[1] Lisez ès.

toz les homes bons et mauvès que tuit li rendront conte du bien et du mal qu'il auront feit
en ceste présente vie ; mès l'ome qui aura feit
tort à som prochien et aura feit aucun bien,
Dex le punira en ceste manière que en celui
qu'il aura feit tort en ce monde aura le guerre-
don du bien qu'il aura feit ; et, se tent est qu'il
n'oit feit nul bien, Dex li donra des poimes
qu'il devront avoir [1] aucuns péchéeurs qui
auront feit aucuns péchiez, et sera por demonstrer sa justice ; et non tent seulement aus homes, demandera conte des bestes vives et aus
oisiaux de l'injure qu'il auront feiz les uns aus
autres. Et quant il les aura puniz, il leur dira
deviegnent terre, et dès lors en avant ne seront nule riens [2]. »

Question.

Dist le Gentil : « Quel profit s'ensuivroit de
la résurrection des bestes ne des oisiaux ne du

---

[1] La même idée est ainsi rendue par l'écrivain turc que
M. Garcin de Tassy a traduit en françois : Dieu vengera sur
l'oppresseur les droits de l'opprimé ; si le premier a fait de
bonnes œuvres, Dieu les prendra et les donnera à l'homme
lésé ; s'il n'en a point fait, Dieu le chargera des fautes de
l'opprimé. *Exposition de la Foi musulmane*, p. 17.

[2] Les Musulmans ne s'accordent pas tous sur le passage
de l'Alcoran où il est question de la résurrection des animaux. Voy. à la sour. LXXXI, vers. 5.

conte que rendront, puis que à noient torne-
ront, por ce qu'il n'auront connoissance de la
justice de Deu ? »

Solucion.

Respondi le Sarrazin et dist : « Le profit qui
s'ensuivra de la résurrection des bestes vives
sera que les péchéeurs retorneront[1] à noient
aussi con les bestes, auront ire et passion de ce
qu'il remeindront en estant[2]. »

Question.

Dist le Gentil : « Quant porra estre finé le
conte et le jugement devant dit, comment
soient les créatures et con tent d'injures aient
feites les unes créatures aux autres ? »

Solucion.

Respondi le Sarrazin et dist : « Nos créons
selonc ce que le conte ne durera fors tent seulement comme uns euz meit à clorre, et ce
sera à demonstrer grandeice, sageice au pooir

---

[1] Lisez *qui ne retourneront.*
[2] L'auteur veut dire que les hommes voués à l'enfer
regretteront de n'être pas comme les bêtes réduites au
néant.

et à la perfection Dieu, con avez entendu la manière comment Dex demandera conte aus créatures. Orandroit nos covient retorner selone ce que orandroit est ordenée nostre desputoison.

De Sageice, Perfection et Justice.

« Certeinne chose est que la sageice devine se concorde à perfection. A demonstrer que la sageice devine est parfeite, covient que chacune créature soit tenue de rendre conte. Come en Dieu soit concordence de sageice et de perfection, Diex se concorde à justice, et por ce vost ordener que au jor du jugement soit rendue em présence de tot le peuple, et chacune créature soit jugée selon ce qu'il aura fet; car en ceste sentence et en ce conte sera manifestée la perfection et la justice dame-Dieu.

De Pooir et Orguil.

« Le pooir devin se concorde à la grandeice contre les orguilleus et en vertuz [1] qui auront fet tort aus povres homes humbles et droituriers; car adonc les punira Dex par devant tot le peuple, et n'auront pooir de contrester ne d'estre rebelles au pooir devin. »

---

[1] Lisez *envers tous ceux.*

LES BIENS ET LES MAUX SELONC PESÉE.

Dist le Sarrazin au Gentil : « Nos créons que
quant Dex aura receu conte des biens et des
maux, selòn ce que desus avons dit, il pesera
les biens et les maux que l'en aura feit en ce
monde, et se en l'ome peuent plus estre les
maux que les biens, dampnez sera; et se ygau-
ment poisent les biens et les maux, il ira en .j.
leu qui est entre paradis et enfer, et en celui
leu sera tent comme à Dieu pleira[1]. »

De Grandeice, Justice.

Dist le Sarrazin au Gentil : « Coustume est
que les princes et les granz segneurs tiennent
corz et font assambler les genz et demonstrent
leur trésor, à demonstrer leur grandeice et leur
grant pooir; et la reson por coi ces segneurs
font justice des mauvès homes, larrons et mur-
driers em présence de toz est por ce que leur
justice est feite à senefier cest article que entre
noz Sarrazins créons. Et por ce pesera Dex les
biens et les maux à demonstrer sa grandeice
et à demonstrer que sa justice ne feroit tort à
nul home, et car la grandeice de la justice de-

---

[1] Sur la croyance au purgatoire chez les Musulmans,
voy. le *Tableau général de l'Empire othoman*, t I, p. 143.

vine ne porroit estre tant bien demonstrée, se
le bien et la mal n'estoient pesez. »

DE LA VOIE DE PARADIS.

« Nos créons, ce dist le Sarrazin, que au jor
du jugement sera une voie par où passeront les
beneurez qui seront sauf; et la voie durera .m.
anz de leur encontremont et autent contreval, et
autent de lonc; et aval sera enfer où charront[1]
ceus qui passer ne porront. Ceile voie sera tent
estroite comme .j. cheveu ou comme le tren-
chant d'une espée, et li un et li autre y passeront tot aussi brièment comme foudre qui
chiet du ciel, et les autres com chevaux et
destriers coranz, les autres comme enfenz qui
noveilement commencent à aler; et chacuns
passera ceile voie, selonc ce qu'il aura deservi
gloire charra de celi pont en enfer. Et est uns
des articles en coi nos Sarrazins créons, lequel article provons tot premièrement. »

De Bonté, Grandeice.

« La gloire de dame-Dieu est sa meime
bonté; car Dex n'a gloire en nul autre que en
soi meimes, donc la divine bonté soit infinite
em bonté, grandeice, éternité, pooir, sageice,

---

[1] Tomberont.

amor, perfection, il covient que sa gloire qui
est sa bonté meimes soit si grant que eile soit
infinite par totes les flors d'amont dites. Et
con ce soit einssi que en la gloire dame-Dieu
oit grant travail, si con nos disons, est tant
haute et tant longue et tant estroite par desus
enfer, por ce de tant comme il em passera à
gregneur péril, et plus se penera de passer de
tant sera-il plus dignes d'avoir gregneur gloire.

De Amor.

« Nature et usage est d'amor qu'ele aliege
peinne et travail : de tant con la voie de paradis est plus grief et de plus grant travail, de
tant covient que home s'efforce et empreingne
gregneur cuer, si qu'il soit fort en amer Dieu;
car de tent comme home est plus fort en amer,
amor feit sambler que les griés travaux soient
legiers; et de tent est-il plus amez de Dieu. »

Question.

« Se ce que vos dites, dist le Gentil, est voirs,
dites-moi donc que mangeront et buvront
ceus qui passeront ceile voie, ne en quel leu
porra estre comprise ceile voie, comment onc
en cestui monde ne soit mie tent grant¹ qu'il

---

¹ Suppléez *leu*.

peust contenir ne contendre ne comprandre
tant longue ne tent haute voie con vos dites. »

Solucion.

Respondi le Sarrazin et dist : « Selonc que
sera conté en l'Alcora et ès proverbes Mahomeit¹ que ceile terre s'en estant, et tent que
puissent estre contenuz toz les homes au jor du
jugement. Et celui meime mandement sera em
paradis et en enfer ; por ce que toz ceuz aient leu
qui i doivent entrer, et por ce sera mieuz señeñée grandeice en la puissance et avoir le voloir dame-Deu ; car tot einssi sera con Dex en
chargera ; et por ce vos respont et dit que la
terre soustendra tot autent que la voie sera
grant et longue. »

Question.

Dist le Gentil au Sarrazin : « Il ne covient
pas que vos provez paradis ne enfer ; car soñsamment est prové² ; mès savoir voudroie la

---

¹ L'auteur entend par *Proverbes de Mahomet*, les sentences et les maximes sorties de la bouche du prophète, et
qui partagent avec l'Alcoran le respect des Musulmans. Le
recueil en est considérable. Voy. l'ouvrage de M. Reinaud
déjà cité, t. I, p. 58 et suiv.

² Voy. le Ms., fol. 94, v°, col. 1 et suiv.

manière comment vos créez avoir gloire em paradis. »

Solucion.

Respondi le Sarrazin et dist : « Nos créons en .ij. manières avoir gloire em paradis. La première est gloire espirituel, est veoir Dieu ; et ceste gloire aurons em paradis, selon ce que raconte nostre prophète Mahomet en ses paroles, et dit que les homes qui seront em paradis verront Dieu au matin et au soir, par quelque fenestre du palès où il seront ; il metront hors la teste et Diex lor aperra[1] ; et en ceste avision sera tent grant gloire que il n'est cuers qui le poist penser ne dire. Gloire corporele aurons en toz les .v. sens corporieux avec les quiex aurons servi Dieu en ceste présence de ceste vie, en quoi nos somes orendroit ; car se en ces .v. sens corporieux n'avions gloire, Dex n'auroit mie parfeite justice ne perfeite bonté, et ce est impossible : por laquele faussceté est senefiée gloire corporel estre em paradis. Et por ce que nostre ame puisse esjoïr et deliter ès beneurtez que vos aurez em paradis se à nostre loy vos convertissiez, et vos

---

[1] Voy. Gazali, cité par Pocorke, *Notæ miscellaneæ ad Portam Mosis*, p. 504.

veuil brièment raconter la gloire que home
aura ès .v. sens corporieux.

De veoir Dieu.

« Nos créons que home aura biaus palès et
beiles chambres qui seront d'or et d'argent et
de pierres précieuses, c'est à savoir : rubiz, es-
meraudes, saphyrs, kameuz[1] et margueritcs et
autres pierres précieuses; et por le reluise-
ment et la diverseté des qoleurs des pierres
précieuses qui seront aussi granz[2] montengnes,
sera mout beile chose et mout deliteuse de
veoir ces palès et ces chambres. En cestui palès aura pluseurs dras d'or et d'argent et de
soie, et tant seront pareuz les palès. Et y aura
mout biaus liz coverz de dras et de qovertois
d'or et d'argent et de soie.

De ce meimes.

« Et en ce palès aura mout de nobles fames et
mout noblement vestues et mout pleisanz à
regarder. Par les rivières et par les prez aura

---

[1] *Kameuz* est sans doute pour *camaïeu*, mot usité dans
le moyen âge pour désigner les pierres à plusieurs couleurs,
telles que l'onyx, l'agathe, etc., qui étoient recherchées
de préférence pour la gravure.

[2] Suppléez *que* ou *de*.

mout de beiles fonteinnes et de biaus arbres
bien charchiez de feuilles, de flors et de fruiz
qui donront grant hombre. Et la biauté de ces
choses, qui la porroit escrire ne raconter? Em
paradis verront les anges qui sont mout biaus
et mout pleisenz à veoir, et sont mout granz et
en grant nombre, et verrons les prophètes et
les seinz. Et verrons mout de diverses genz qui
seront assis et raisinez[1] paradis, en estant en coi
il auront servi Dieu en cest monde; et chacuns
de ces homes sera luisanz et resplandissanz
con le soloil, et sera vestuz mout noblement.
Dont con ce soit einssi, penser poez que la
gloire de paradis sera mout grant en veoir
totes ces choses.

De ce meimes.

« Oïr douz chanz des anges et d'omes et de
fames, en loer et em beneïtre Dieu, qui donra
grant gloire à toz ceus qui ce chant orront; et
meimement, con tent soient en nombre, ceus
qui chanteront chanz de douçor, de gloire et
d'onor em paradis. Se tant est que vos y entrez,
parlerez à vos amis et à voz privez de totes les
choses que vos voudrez, et de ce que aurez fet
en cest monde, de la gloire de paradis que vos
aurez, et aussi parleront à vos toz ceus à qui

---

[1] Suppléez en.

vos pleiroiz : done bien poez penser que parler
et oïr ces choses donront mout granz deliz et
mout gracieux aus homes.

De ce meimes.

« La gloire de paradis que les beneurez auront
en oudorant totes les oudors qui em paradis
seront ne vos porroie raconter ; car em paradis sera oudor d'arbre et de feuilles et de flors
et de fruiz, et tot ce qu'il voudra mangera et
buvra et vestira et couchera. Et li venz qui sera
souef et pleisanz, et porteront li homes ces
oudors qui seront pleisanz à oudorer que totes
les oudors de ce monde ne sont riens à regarder paradis. »

De ce meimes.

Dist le Sarrazin au Gentil : « Amis, créez mes
paroles et s'es entendez aussi ; car les granz deliz que home aura em paradis et les desirs à
veoir, sachiez que em paradis auront rivières
de vin, et y aura du leit et de l'uile et du burre ;
et delez les ruisseiles qui vendront des rivières
et des fonteinnes aura grant planté de biaus
arbres, et en mi l'ombre de ces arbres seront
les homes qui mangeront et buvront de totes
les choses qu'il desirreront. Et s'il veulent
manger des fruiz des arbres, tentost en au-

ront; en char ou en autre viande desirrent, et
tantost l'auront devant eus, et leur seront apa-
reilliées les viandes en ceile manière qu'il voudront savoir[1], et la douçor ne le delit que
home trovera em mangier ne em boivre et ès
choses devant dites ne porroit nus hons raconter. Et meimement em paradis aura home
mout gregneur pooir de mangier et de boivre
em paradis que en ceste présente vie.

De sentir.

« Em parler, toucher et sentir a-l'on ceise et
delit en cest monde, et por ce covient que em
paradis oit home gloire en tochier et sentir dras
blans, poliz et luisanz, et aura hons gloire en
gesir em biaus liz poliz et garniz et de beiles
choses et de biaus linceux et de biaus cover-
tors de soie por doner à home grant gloire et
grant joie corporel; et por ce a Dex créé em
paradis meintes beiles puceiles qui sont en vie
et em beneurtez des quiex seront saus et des
quiex auront home grant gloire et grant delit
en gesant avec ceiles, les queles puceiles nul
tens ne vielliront, et totes les foiz que hons
gerront avec eiles il les trovera puceiles. Em
paradis y aura homes avec les fames que il
aura heues par mariage, et à totes celles à cui

---

[1] Savourer.

l'en aura geu en cest siècle, s'il veut, et à mout d'autres. Et selonc ce que les homes seront plus dignes d'avoir gregneur gloire que les autres, n'auront les unes plüseurs jovenceiles virges et plus beiles que les autres.

« A mouteplier la gloire de paradis par desus la gloire de cest monde, moutepliera Dex à hom som pooir de mout gesir aus fames em paradis; et por ce auront les homes mout grant pooir de gesir aus fames por avoir plus grant gloire. Sachiez, sire Gentil, que em paradis aura home totes les gloires que ge vos ai contées, et encores pluseurs autres gloires que ge ne vos ai mie dites; car trop seroient longues à raconter, et les quiex ge ne porroie dire, tant sont granz et merveilleuses à esmer. »

Question.

Dist le Gentil au Sarrazin : « Se einssi est con vos dites, à force covient que paradis soit ordure; car selonc le quors de nature d'ome qui manjue et boit et gist à fame, quovient issir ordure et corruption, laquelle ordure est orde chose à tocher et à oudorer et à dire. »

Solucion.

Respondi le Sarrazin et dist : « Ce que vos dites est voir selonc ceste vie en coi somes;

més en l'autre siècle sera tot le contreire, et ce sera por euvre et por le pooir dame-Dieu, qui peut ordener et aviuder totes choses. »

Question.

Dist le Gentil : « Se Dex est droiturier, em paradis donne pluseurs fames¹ .j. home bon ; et de tant comme homme est meilleur et plus digne, pluseurs fames li donc por avoir gregneur gloire ; aussi doit doner à la fame qui est plus digne que l'ome et plus juste que autre fame mout d'omes em paradis qui gisent à lui, por ce que eile oit gregneur gloire. »

Solucion.

Respondi le Sarrazin et dist : « Dex a honoré home en cest monde par desus fame, por ce li veut feire gregneur honor en l'autre siècle que à la fame. »

Question.

Dist le Gentil au Sarrazin : « Orendroit vos pri que vos me dieiz se ce est voir que toz Sarrazins croient avoir gloire em paradis en la manière que vos avez dit. »

----

¹ Suppléez à.

Solucion.

Respondi le Sarrazin et dist : « Voirs est que entre nos Sarrazins avons diverses manières de créances à croire la gloire de paradis; car l'en croit avoir gloire en la manière que ge vos ai raconté; et si entens selonc la desputoison de l'Alcora qui est nostre loy, et des proverbes Mahommet, et des choses desus dites par noz mestres qui desgrossèrent l'Alcora et les proverbes Mahomet; mès entre nos sont autres manières de gent qui entendent la gloire moralment, et dient que Mahomet parloit par semblance et tret hors aus genz qui sont nices et de grox entendement, et por ce que il les peust enamorer de Dieu et leur racontoit la gloire devant dite. Et por ce dient ceus qui ont ceste créance, que em paradis n'auront point de gloire de boivre ne de mangier ne de gesir aus fames desus dites. Et ces homes sont granz clers en natures, et sont homes qui en aucunes choses ne gardent mie les commandemenz de nostre loy; et por ce sont tenu por bogres entre nos, à laquelle bogrerie sont venu por oïr loy qui en autre apartient[1]. »

---

[1] La plus grande partie de cette longue discussion se retrouve presque dans les mêmes termes dans l'ouvrage de Chardin, t. VI, p. 250 et suiv.

Quant le Sarrazin ot finées ces paroles et raconté sa löy, et ot prové tot ce qui feisoit à prover, il dist au Gentil ces paroles : « Sire Gentil, oy avez et entendu mes paroles et mes resons, les quiex j'ai donez des articles de nostre loy, et oy avez qu'ele est loy que est donée de Dieu. » Et quant le Sarrazin ot dites ces paroles, il clost son livre et fina ses paroles, et salua les autres sages selonc la coustume.

FIN.

TYPOGRAPHIE DE PINARD,

RUE D'ANJOU-DAUPHINE, N° 8.

NOTE SUPPLÉMENTAIRE

AU ROMAN

DU COMTE DE POITIERS[1].

––––––––––•❁❁❁•––––––––––

Le pays de l'*Arbre-Sec* ou du *Sec-Arbre*, dont
il est question aux pages 54 et 68, est souvent
mentionné dans les écrits du moyen âge. Or,
quel est cet arbre et quel est le pays où il croît?
Mandeville, dans la relation de ses voyages[2],
parlant de la vallée de Mambré, aux environs
de la mer Morte, cite un arbre qui se trouvoit
là et que les Chrétiens appeloient *l'Arbre-Sec*.
Cet arbre, ajoute Mandeville, existoit, d'après
l'opinion commune, depuis le commencement
du monde; mais lors de la mort du Sauveur, il
sécha et perdit ses feuilles. Il ne devoit reprendre sa verdure que lorsque le pays auroit été

––––––––––––––––––––––––

[1] Édition de Francisque Michel. Paris, Silvestre, 1831;
un vol. in-8°.

[2] Manuscrits françois de la Bibliothèque Royale, n° 8392,
fol. 157, verso. Voyez aussi les n° 10,262 et 10,270 A.A.
Ce passage, et beaucoup d'autres, manquent dans l'édition
qui fait partie du recueil de Bergeron. Leyde, 1729, 2 vol. in-4;
mais il se trouve dans toutes les éditions gothiques du *Voyage
de Mandeville*.

soumis de nouveau par les guerriers de l'Occident aux lois de l'Évangile, et qu'on auroit célébré la messe sous ses branches. En attendant, l'on avoit pour lui le plus grand respect, et ceux qui montoient à cheval, munis d'un morceau de ce végétal, se croyoient à l'abri de tout accident.

Une partie de ces détails se retrouvent dans un auteur plus ancien que Mandeville, Torsello Sanuti[1], et il est évident que l'arbre qui y est indiqué étoit le térébinthe de Mambré, qui, déjà fameux au temps d'Abraham, existoit encore dans les premiers siècles de notre ère, ou plutôt un arbre qui en avoit pris la place[2].

D'un autre côté, Marco-Polo, au chapitre de la Perse[3], décrit un arbre appelé par les Chrétiens *l'Arbre Sec*, et qui, suivant quelques manuscrits, portoit dans le pays le nom d'*Arbre du Soleil*. Cet arbre, dit le célèbre voyageur, le seul qui existât à plusieurs lieues à la ronde, étoit fort gros et d'un bois de couleur jaune comme

---

[1] *Liber secretorum fidelium crucis*, dans le recueil *Gesta Dei per Francos*, publié par Bongars, part. II, p. 248.

[2] Livre de la Genèse, chap. XVIII; *Dictionnaire de la Bible*, par dom Calmet, aux mots *Mambré* et *térébinthe*.

[3] Édition de Bergeron, p. 23; édit. angloise de M. Marsden, p. 109 et suiv.; édition françoise et latine de la Société de géographie de Paris, p. 38 et 326.

du buis; son fruit ressembloit à la châtaigne,
mais ne renfermoit rien; ses feuilles étoient
blanches d'un côté et vertes de l'autre. Pour
cet arbre, comme on voit, il n'étoit pas réellement desséché, mais stérile.

Il seroit impossible, au milieu de si vagues
indications, de rien affirmer; bornons-nous à
ce qui est vraisemblable. Une opinion assez
répandue en Orient, veut que le platane soit
stérile; aussi a-t-on coutume d'y comparer à cet
arbre les hommes vains et glorieux, qui font
beaucoup de bruit et ne produisent rien [1]. Tout
porte à croire que l'arbre dont parle Marco-
Polo, et celui dont font mention Sanuti et
Mandeville, étoient un platane; seulement,
l'un étoit desséché, tandis que l'autre avoit
conservé une partie de sa vigueur. Le platane
est appelé par les Arabes *dolb* (دلب), mot qui
se rapproche de la leçon *dyrp* de deux des manuscrits de Mandeville [2]. Quelquefois on le
confond avec le peuplier, et les Arabes le nomment en conséquence *hoar* (حور), d'où peut-
être Marco-Polo a confondu son nom avec le
mot persan *khor* (خور) signifiant *soleil*.

---

[1] *Relation de l'Egypte*, par Abd-Allathif; traduit de l'a-
rabe en françois par M. Silvestre de Sacy, p. 81.
[2] Quant au Ms. n° 8392, il porte le mot *supe*.

NOTE SUPPLÉMENTAIRE.

On pourroit dire encore que l'*Arbre du Soleil*
est un de ces arbres usés par le temps, qui, à
toutes les époques, ont été en grande vénération
dans la Perse. Le peuple se retire de préférence
sous ces arbres et y fait volontiers sa prière,
disant que sans doute des personnes pieuses et
chéries de Dieu y auront dans la suite des temps
trouvé un abri, et que des ombrages ainsi sanc-
tifiés ne peuvent que porter bonheur. Plusieurs
de ces arbres existoient encore du temps de
Chardin[1]. Les Persans les nomment *les Arbres
Excellens*.

Mais pour en venir à la conclusion, quel est
le pays que nos vieux auteurs ont eu en vue? est-
ce la vallée de Mambré, située, comme on sait,
en Palestine, ou bien est-ce une des provinces
de la Perse? Il nous semble que toute détermi-
nation plus précise seroit superflue, les écrivains qui ont employé la dénomination de *pays
de l'Arbre Sec*, n'y ayant attaché qu'un sens vague, et n'ayant eux-mêmes qu'une idée vague
des vastes contrées de l'Orient.

----

[1] Voyages de Chardin, t. VII, p. 410 et 418; t. VIII,
p. 44 et 426.